KB092794

이야기의 핵심

THE CORE OF STORY

THE CORE OF STORY

이야기의 핵심

리비 호커 지음
안은주 옮김

누구나 빠르게
완벽한 이야기를
만드는 기본 작법

한스미디어

3주 안에 소설 한 권을
써낼 수 있을까?

2015년 1월 15일은 내게 의미 있는 날이다. 몇 주 전, 레이크 유니온 출판사에 새로 쓴 시놉시스와 샘플 원고를 보낸 후부터 기다려온 날이었다. 드디어 두 번째 책을 내자고 연락이 왔다. 이제 계약서 서명을 앞두고, 마감 기한 같은 세부 사항만 조정하면 됐다.

미팅 때, 편집자 조디가 말했다.

"새 책은 11월에 출간하면 어떨까요? 11월이면 우리 출판사에서 『타이드워터Tidewater』를 출간하고 6개월이 지났을 때니까, 새 책이 연이어서 나오는 셈이잖아요."(『타이드워터』는 2014년 7월에 자비 출판한 책으로, 그해 가을 레이크 유니온 출판사의 눈에 띄어 이듬해 5월에 재발매가 예정된 상황이었다.)

나는 흔쾌히 대답했다.

"11월 괜찮은데요."

그러자 조디가 머뭇거리며 물었다.

"얼마나 걸릴 것 같으세요? 11월에 출간하려면 3월 마지막 주까지는 초반 교정이 끝나야 하거든요. 내부 일정을 봐야겠지만, 어쨌든 좀 빡빡할 거예요."

"문제없어요." 나는 당당하게 말을 이었다. "당연히 되죠."

"어, 어…… . 마무리 교정을 할 시간도 주셔야 해요."

"알아요. 그럼 2월 7일 어때요? 그러면 교정에 6주 좀 넘게 시간을 주는 거잖아요."

"예? 진짜로 그게 된다고요?" 조디가 놀라서 물었다.

"2월 7일이면 고작 3주밖에 안 남았는데요?"

나는 장담했다.

"네, 그럼요. 전에도 해봤어요. 분량이 비슷한 소설을 3주만에 썼죠. 사실 두어 번 그렇게 쓴 적 있어요. 전체 이야기 뼈대는 이미 잡아놨으니까 이제 쓰기만 하면 돼요. 지금 필요한 건 단어뿐이에요. 3주면 수많은 단어를 쓸 수 있죠. 저만 믿으세요. 2월 7일까지 초고를 드릴게요."

그날 오후, 집에 돌아와 출판사에 보냈던 역사 소설의 시놉시스와 원고 앞부분을 찾아보았다. 묵은 먼지를 털어내고 다시 한 번 죽 훑어봤다. 초고에 뭐라고 썼는지 다시 떠올리기 위해서였다. 건드리지 않은 지 꽤 된 터라 이야기 세부 사항을 많이 잊어버린 상태였다. 하지만 대강 핵심을 적어 만든 이야기 뼈대를 읽자마자 마음이 놓였고, 출간 후 반응이 좋을 거란 미래가 그려지며 자신감이 생겼다.

레이크 유니온 출판사가 내 제안에 그토록 관심을 보인 것은 별로 놀랄 일이 아니다. 시놉시스만 읽어도 소설 내용에 흠이 없고, 통일성이 있으며, 매력 있는 중심 인물에, 눈을 떼지 못하는 구성까지, 외면하기 힘든 내용이었으니까.

내가 봐도 간략히 적어둔 이야기 뼈대만으로 완벽하다는 느낌이 들었고, 주요 등장인물에게 닥친 골칫거리나 점점 고조되는 긴장감, 개연성 있는 장면 전환, 다소 슬픈 면이 있지만 만족스러운 결말까지 모든 게 명확했다. 그 원고는 수많은 사람들이 읽고 공감할 좋은 작품이 될 터였다. 의심할 여지가 없었다. 이야기를 보여주는 기본 뼈대만으로도 작품의 완성도를 충분히 평가할 수 있었다.

독자에게 도달하는 법

내 평균 집필 속도를 감안하고, 일주일에 이틀 휴일을 기본으로 혹시 몸이 안 좋거나 급한 일이 생겨 며칠 일을 못한다고 해도, 나는 3주 기한 동안 수준 높은 초고를 완성할 수 있을 거라 백 퍼센트 확신했다. 이후 크게 유행했던 독감 때문에 그 계획이 무너질 뻔했지만, 그럼에도 나는 2월 7일 저녁 10시, 9만 2천 단어를 채운 초고를 넘기는 데 성공했다.

도대체 어떤 작가가 그토록 자신감이 넘쳐서 3주 만에 새로운 소설을 쓰겠다는 말을 내뱉었는지 궁금해할 사람이 있을 것이다. 이야기의 뼈대를 미리 짜본 사람이라면, 그렇게 촉박한 마감을 앞둔 상태에서 고작 기본 뼈대를 만들어뒀다는 이유만으로 호언장담하는 이유를 오히려 짐작하기 어려울 수 있다. 사람들은 내가 완전히 망상에 빠졌다거나, 혹은 이후 작업에서 베타테스터 역할을 하는 독자와 동료들이 주는 의견을 수렴하며 빠른 속도로 좋은 책을 만들 수 있겠거니 판단했다고 생각할지도 모르겠다.

그렇지만 글을 쓸 때 이렇게 자신감을 가지는 데는 비결이랄 게 없다. 망상도 필요 없다. 이야기 뼈대의 5가지 핵심 요소만 제대로 잡아 놓으면, 이야기 전체의 구조는 자연스레 촘촘해지고 설득력이 생긴다. 그러면 독자들은 계속해서 책장을 넘기고, 처음부터 끝까지 만족스러워하며 책을 읽을 수 있다. 강조하자면, 독자가 만족하는 책은 '좋은' 책이다. 누군가는 좋은 책을 결정하는 유일한 지표가 오직 하나, '독자가 느끼는 만족'뿐이라고 타당한 근거를 대며 주장하기도 한다.

만약 비결이란 게 있다면, 그건 다음과 같다. 독자층의 연령대나 장르를 불문하고, 글자 수가 100자 이내인 초단편 소설을 쓰든, 1,000자 이내인 짧은 단편 소설을 쓰든 혹은 수천 쪽이 넘는 장편 소설을 쓰든 간에, 내가 제시할 '이야기 뼈대 만드는 법'을 활용하면 독자에게 도달하는 방법을 정확히 알 수 있다는 점이다. 독자가 마지막까지 눈을 떼지 못하고 계속해서 책장을 넘기고, 감동을 느끼게 하는 방법 말이다.

이야기 뼈대를 미리 잡아두면 좋은 점

미리 잡아둔 이야기 뼈대만 있으면 글을 쓰기도 전에 그게 좋은 책이 될지 아닐지를 이미 알 수 있다. 일단 독자가 보편적으로 어떤 요소에 호응하는지 알면, 작가는 제3의 눈으로 자기 작품을 평가할 수 있다. 타인의 의견 없이도 그 작품이 '좋은' 책인지 아닌지 즉 플롯이 탄탄한지, 등장인물에게 매력이 있는지, 결말이 만족스러운지 판단할 수 있다는 얘기다.

사실 독자가 좋아하는 이야기는 하나다. 마음 깊은 곳을 건드리는, 원형에 가까운 이야기의 핵심 요소에 반응하는 것이다. 즉, 독자들이 원하는 이야기의 형태는 특정할 수 있다. 사실 이 책을 읽고 있는 사람 모두가 무의식 중 그 특정한 이야기의 형태가 어떤 것인지 알고 있다. 그러한 이야기는 친숙한 패턴을 따라 인간의 의식(과 잠재의식)에 말을 걸며, 개성을 갖추면서도 독자를 눈에 띄게 끌어당긴다.

나는 이 짧은 책으로, 어떻게 하면 독자를 끌어당기는 이야기를 만들 수 있는지 설명할 것이다. 이야기의 핵심을 이해하고 이를 토대로 이야기 뼈대를 작성해두는 효과는 엄청나다. 작업에 들이는 시간을 줄여 효율이 극대화되고, 작가는 자기 작품에 자신감을 가질 수 있다. 또한 줄거리의 세부 사항을 걱정하느라 휘둘리거나 시간 낭비하는 일 없이, 독자에게 완성도 높은 이야기를 전할 수 있다.

내가 이야기의 뼈대를 미리 짜는 방법은 누구나 공감할 수 있고 따라 하기 쉽다. 이것은 소설, 동화, 회고록, 교양서 등 장르와 길이에 상관없이 똑같이 적용된다. 무엇보다 이 방법을 쓰면 작업 속도가 극적으로 빨라져 생산량이 놀라울 만큼 향상된다는 점이 가장 큰 장점이다. 조금만 노력하면, 누구든지 3주 만에 새로운 소설 하나를 뚝딱 써낼 수 있다!

글쓰기 속도와 능률을 높이는 비결

우선 먼저 이 책이 어떤 책인지부터 확실히 짚고 넘어가자. 『이야기의 핵심』은 작가 지망생들이 글쓰기 속도와 능률을 높일 수 있게 도와주는 지침서이다. 첫 문장을 쓰기에 앞서 책의 세부 사항을 계획하고 구성하는 방법을 알려줄 것이다. 주제를 응축해 독자의 눈길을 사로잡을 만큼 만족스러운 이야기를 만드는 비결을 제시할 것이다.

그렇다고 책을 집필할 때 이 책에 있는 방법만 유일할까? 줄거리를 구성할 때 오직 내가 사용하는 '이야기 뼈대 만드는 법'만을 적용해야 할까? 물론 아니다! 전혀 그렇지 않다. 『이야기의 핵심』에서 제시하는 방식을 따르지 않고 태어난

위대한 작품도 수없이 많이 존재한다.

제임스 본드를 예로 들자. 제임스 본드라는 인물은 내가 사용하는 방법과 다른 인물 창조 과정을 거쳐 탄생했다. 또 모든 로맨스 소설이 똑같은 주인공과 적대자 유형을 만드는 것은 아니다. 상당수 많은 책들은 주인공과 적대자 유형이 비슷하지만, 매우 미묘하게 조금씩 다른 방식을 사용한다. 예를 들어 앤디 위어의 『마션』을 보면 주인공의 장애물은 사람이 아니다. '화성'이라는 환경 자체가 장애물로 등장하기에, 이야기 구조가 『이야기의 핵심』에서 제시하는 이야기 뼈대 만드는 법을 적용해서 만드는 것과는 다르다.

이 책을 쓰는 목적은 이야기 뼈대를 미리 짜는 방법이 오직 하나뿐이라고 구술하기 위함도 아니고, 모든 픽션이 똑같은 특성을 공유한다고 설파하기 위함도 아니다. 이 책의 목적을 분명히 밝히자면, 내가 주로 쓰는 작법인 '이야기 뼈대 만드는 법'으로 집필 속도와 능률을 확실히 끌어올리는 효과를 공유하기 위해서다. 이 방법을 쓰면서 나는 내 책을 사랑해주는 독자에게 그 여느 때보다 빨리 새로운 작품을 선사할 수 있었다.

내가 여러분에게 설명할 방법은 이야기를 창작하는 수많은 방법 중 하나일 뿐이다. 이야기 뼈대 만드는 법의 가장 큰 장점은 글을 쓰기 전에 자기가 쓰려는 글이 출판 시장에서 경쟁력이 있을 만큼 흡입력이 있는지 없는지 분석할 수 있게 하여, 시간 절약은 물론 전업 작가로서 글쓰기 효율을 높이는 데 도움을 준다는 점이다.

당신도 좋은 책을 쓸 수 있다

2015년 3월 이 책을 처음 출간하고, 다른 작가들에게 정말 감당이 안 될 정도로 메일을 많이 받았다. 책 내용이 유용하고, 책을 쓰려는 욕구를 자극한다는 내용이었다. 내 보잘것없는 '이야기 뼈대 만드는 법'으로 많은 작가들이 목표를 성취하고 자기 작품에 좀 더 자신감을 가지게 됐다는 것은 정말 기쁜 일이다. 그렇지만 독자 여러분께 확실히 하고 싶은 점이 하나 있다. 앞으로 나올 내용은 글쓰기 속도 향상, 효율성 보장, 당신도 충분히 '좋은 책'을 쓸 수 있다는 자신감 고취를 돕기 위한 것이다. 이것은 결코 이야기란 어떠해야 하는지 결정적인 발언을 하려는 의도가 아니며, 그렇게 받아들여져서도 안 된다는 점을 기억해 주길 바란다.

이제 이게 어떤 책인지 대충 감을 잡은 지금, 내가 제시할 '이야기 뼈대 만드는 법'을 익힐 준비가 되었는가? 좋다! 이제 끌리는 이야기의 핵심이 무엇인지 파악하고, 이야기 뼈대를 세울 때 어떻게 다루고 드러낼지 차근차근 배워보도록 하자.

차례

CHAPTER 3 **완벽한 이야기를 만드는 비밀, 플롯**

CHAPTER 4 끝까지 독자를 사로잡는 비결, 전개속도

CHAPTER 5 이럴 때는 이야기 뼈대를 어떻게 만들까

✦

당신이 글 쓰는 유형은
어느 쪽인가?

이제 여러분은 이야기의 핵심을 파악하고 실전에 돌입할 것이다. 그런데 그보다 먼저, 생각해봐야 할 문제가 있다. 글을 쓸 때 미리 계획하고 쓰는 게 맞는지, 일단 앉아서 생각나는 대로 쓰는 게 맞는지 하는 의문이다. 이 흔한 논쟁부터 해치워야 내가 알려주는 방법에 더 진지하게 몰입할 수 있을 것이다.

계획해서 쓰는가? vs 생각나는 대로 쓰는가?

글쓰기 커뮤니티를 들여다봤거나, 관련 팟캐스트를 들었거나, 혹은 글쓰기 관련 블로그를 찾아본 적이 있다면 분명히 이런 질문을 들어봤을 것이다. 글을 쓸 때 꼼꼼히 계획하고 쓰는지, 대담하게 일단 앉아서 생각나는 대로 쓰는지 하는 질문 말이다. 그뿐만 아니라 이 질문 뒤에 영락없이 뒤따라 나오는 토론이나 논쟁을 목격한 적이 있을 것이다.

당신이 어떤 유형이든, 한 가지 확실한 것을 먼저 말해두겠다. '글쓰기 속도'는 계획해서 쓰는 유형이 더 빠르다.

작가들은 글쓰기 전 이야기의 세부 사항을 미리 계획해서 쓰는 유형과 계획 없이 일단 앉아서 생각나는 대로 쓰는 유형 둘 중에서 다른 하나가 더 우월하다고 결판 짓는 걸 좋아한다. 그래서 기회가 생길 때마다 쉴 새 없이, 아주 상세히 논쟁을 벌인다.

어쩌면 여러분도 조용히 자신을 돌아보며 이렇게 자문했을 수도 있다.

"나는 둘 중 어디에 속하지? 한쪽에 치우쳤다면 억지로라도 다른 쪽으로 바꿔야 하나? 진짜로 둘 중 하나가 확실히 더 나은가? 작가로서 목표를 달성하려면 오직 한쪽 방법을 써야 하는 걸까?"

글을 쓸 때 어떤 유형인가 하는 논쟁은 으레 무승부로 끝나기 마련이다. 게시판 담당자가 둘 중에 어느 방법이든 각자 개인에게 잘 맞고 좋은 걸 쓰면 된다고 댓글을 달고 더 댓글을 못 달게 막아놓으면, 짜증난 사람들이 다시 자신의 삶으로 돌아가며 끝이 나는 식이다.

사람들은 대부분 게시판 담당자와 비슷한 의견을 보인다. 글을 쓰는 방법이 어느 쪽이든 자신에게 맞는 방법이 좋은 방법이며, 둘 중 어느 것도 다른 것보다 더 우월하지 않다고 여긴다.

큰 틀에서 봤을 때 내 생각도 그와 같다. 현재 글쓰기 방법이 편하고 그 방법으로 원하는 결과가 나온다면, 그건 당신에게 딱 맞는 방법이다. 그러니 망가지지 않은 걸 억지로 고칠 필요는 없다.

그렇지만 여러분이 이 책을 집어든 데는 다 이유가 있을 것이다. 아마도 이 책의 도움을 받아 확신을 갖고 글을 쓰고 싶을 것이다. 또한 글쓰기 속도를 높이는 창작 방법을 배우고 싶을 것이다. 그것은 당신이 글을 쓸 때 세부 사항을 미리 계획해서 쓰는 유형이든, 일단 앉아서 생각나는 대로 쓰는 유형이든 지금 현재 방식에 백 퍼센트 만족하지 못한다는 것을 의미한다.

전업 작가로 살고 싶다면

이렇게 말하면 반감을 살 수 있지만, 나는 위험을 감수하고 당당하게 말하고자 한다. 분명히 책을 쓰는 데 훨씬 더 나은 방법이 있다. 만약에, 정말 만에 하나라도, 여러분의 목표가 전업 작가로서 경력을 쌓는 것이라면 그러하다.

모두가 전업 작가를 꿈꾸지는 않는다. 많은 사람들이 글쓰기를 그저 취미로 격하시킨 채 글을 쓰는 데 만족해한다. 긴장을 풀거나, 창의력을 탐구하거나, 성취감을 얻기 위해 즐기는 취미인 것이다. 물론 전업 작가가 아닌 사람들, 전업 작가에 뜻을 두지 않은 사람들의 손에서도 굉장히 훌륭한 작품이 탄생해왔다. 만약 당신이 취미로 글을 쓰며 행복을 느끼는 사람이라면, 생각나는 대로 쓰는 방식이 미리 계획하는 방식보다 잘 맞을 수 있다. 아니면 심지어 더 좋을 수도 있다! 취미로 글을 쓰는 데 만족하는 작가에게, 더 나은 방법이란 없으니까 말이다.

그러나 글을 쓰면서 생계를 유지하려면 출간을 목표로 삼고 일정 기간 안에 작품을 써내야 한다. 그만큼 작업 속도가무척 중요하다. 자비로 독립 출판을 계획하든, 기성 출판사와 독립 출판사 양쪽을 다 넘나드는 것을 원하든지 간에 말이다.(혹시라도 독립 출판이라는 방법을 제외한 채 오직 기성 출판사에서만 출간하고 싶다면, 지금 하는 일을 절대 그만두지 말라고전하고 싶다. 기성 출판사 작가들이 혼자서 생계를 꾸릴 만큼 돈을버는 것은 날이 갈수록 힘들어져서 현재는 극도로 드문 일이 되었다. 그런데 가족이 있거나 언젠가 가족을 꾸릴 예정이라면 본업을그만두고 글쓰기로 먹고살 수 있는 확률은 더욱 희박하다. 그나마다행인 것은 우리에게 자비로 독립 출판을 하거나 나처럼 기성 출판과 독립 출판이라는 두 방식을 병행해 책을 낼 수 있는 선택권이있다는 점이다. 이것은 전업 작가로서 출간 목표를 더 쉽게 이루어경력을 쌓을 수 있도록 도와준다!)

이 주제에 관한 내 의견, 그러니까 앞서 주장한 내용과 꽐

호 안에 있는 말을 보고 어떤 작가들은 혀를 찰 거라는 걸 나도 안다. 나는 이 책을 나무라는 평을 본 적 있고, 글쓰기 커뮤니티에서 작가의 경력에 있어 속도가 생명이라는 '내 주장이 얼마나 잘못되었는지' 논하는 모습도 보았다. 그렇다. 사람들이 듣고 싶은 말은 이런 게 아니라는 것을 안다. 그렇지만 이건 '사실'이며, 날이 갈수록 더욱 굳건한 사실이 되고 있다.(풀타임으로 소설을 쓰는 장본인의 말을 믿어 달라!)

출판 분야에서 살아남기

일 년에 책을 한두 권만 내고도 먹고 살 수 있는 시절이 있었다. 지금도 그게 가능한 작가가 몇몇 있긴 하다. 하지만 그들 대부분은 이미 오래전부터 기성 출판 시장에 확고히 자리 잡은 사람들로, 그 시절부터 살아남은 자들이다. 게다가 기술이 발전하고 열정이 가득한 독립 출판사들이 무서운 속도로 책을 쏟아내는 요즘, 오랫동안 자리를 지킨 기성 출판사의 작가들도 빠른 속도로 책을 펴내는 출판 시장을 따라가기 버거운 게 사실이다.

독립 출판이 생기면서 더 다양한 책을 원하는 독자가 급속도로 증가하고 있다. 여러분이 쓰려는 장르에서 인기 있는 작가들이 원고를 써내는 속도를 고려해보라. 집필 속도는 작가로서 성공하기 위해 갖춰야 할 필수 요소가 되었다. 필명 J. D. 롭J.D.Robb으로도 활동하는 로맨스 소설의 제왕 노라 로버

츠가 해마다 그리 많은 책을 쓰는 이유가 도대체 뭐라고 생각하는가? 원하기만 하면 아무 때라도 바하마에서 은퇴 생활을 누릴 만큼 충분히 돈이 많을 텐데 말이다. 그녀는 지금도 빠른 속도로 좋은 작품을 써 낸다. 그 이유는 오늘날처럼 템포가 빠르고 수요가 높은 출판 시장에서 작가의 명성을 유지하기 위해서다.

전업 작가라면 어떤 출판 형태로 책을 출간했든(어떤 장르든, 독립 출판사나 기성 출판사든 상관없이) 팔 책이 많아야 수익을 내기 쉽다는 점에 동의할 것이다. 판매 가능한 작품의 수가 많으면 많을수록 독자에게 다가가는 기회가 많아지고, 독자는 책 한 권을 읽고 다음 책으로, 또 다음 책으로 넘어갈 확률이 높다. 출간한 도서가 많을수록 더 높은 판매로 이어진다는 것은 당연한 사실이다.

무덤에 들어가기 전에 책을 상당수 내려면 1년에 몇 권은 나오게 빨리 써야 한다. 앞에서 설명한 3주 마감 일화를 보면 알겠지만 그건 가능한 일이다. 그러나 그렇게 빠른 속도로 좋은 이야기를 집필하려면 글을 쓰기 전에 이야기의 뼈대를 먼저 구축해야 한다.

당신은 어떤 작가인가?

분명히 세상에는 일단 앉아서 쓰기만 해도 엄청난 속도와 분량을 자랑하는 작가들이 있다! 난 그들의 능력을 높이 사며, 심지어 그 신비한 능력에 질투가 날 정도다. 왜냐하면 나 역시 일단 앉아 생각나는 대로 쓰면서 미지의 저편으로 날아가고 싶은 마음이 굴뚝같기 때문이다. 재밌지 않겠는가! 창의력이 마구 솟아난다니! 놀라운 모험이 아닐 수 없다. 나도 일정이 허용하는 선에서 시도는 해본다. 만약 이야기의 뼈대를 잡지 않고도 경력을 지킬 수 있을 만큼 빠르게, 계속해서 글을 쓸 수만 있다면, 나는 하루 종일 파티 모자를 쓰고 있다가 작업실 책상에서 일어날 때마다 기쁨의 춤을 췄을 것이다.

그렇지만 난 그런 작가가 아니다. 그리고 이 책을 읽는 여러분도 그런 행운아가 아니라는 것이 확실하다. 지금 이 책을 읽고 있다는 게 그 증거다. 여러분은 정해진 시한 안에 글쓰기 목표를 달성할 수 있는 방법을 찾고 있는 것이다.

만일 당신이 책상 앞에 앉아 생각나는 대로 글을 쓰는 사람이라면, 내가 그 방식을 비난한다고 생각하지 말았으면 한다. 나는 그저 전업 작가인, 그리고 장차 전업 작가가 될 사람들 대다수에게 좀 더 안전하게 생계를 꾸리면서도 글을 쓸 수 있는 전략은 글을 쓰기 전에 미리 이야기 뼈대를 만드는 것이라고 말하고 싶을 뿐이다. 떠오르는 대로 글을 쓸 때 가질 수 있는 모든 장점을 쓰레기통에 처박아 넣겠다는 의도는 결코 아니다.

눈이 부시게 빛나는 작품들 가운데서도 미리 뼈대를 잡지 않고 쓴 책이 있다는 걸 나 역시 똑똑히 안다. 손이 가는 대로 쓰다가 생각지도 못한 발견을 하는 묘미는 오직 그렇게 쓸 때만 느낄 수 있다. 사전에 이야기 구성을 하지 않고 글을 쓰는 행위에도 추천할 점이 엄청나게 많다는 얘기다. 창의력이 솟아나고 실험 정신과 자유가 허용되는 것은, 미리 짜놓은 이야기 구성을 따른다면 절대로 얻지 못할 매력이다. 이야기 속 인물과, 그 인물이 하는 대사와 생각이라는 풍경을 탐험하고 싶은 작가들에게 일단 앉아서 생각나는 대로 쓰는 방식은 흥미진진한 작품을 써낼 수 있는 기막힌 방법이다.(그러나 앞으로 보면 알겠지만, 내가 사용하는 방법도 창의력을 발휘할 수 있게 꽤나 많이 '빠져나갈 구멍'을 허용한다.)

왜 이야기 뼈대를 만들어야 하는가

여러분의 목표가 전업 작가가 되는 것이라 치자. 그런데 손가는 대로 글을 쓰기만 해도 좋은 작품을 술술 쏟아내는 비상한 사람이 아니라면? 그렇다면 작업 효율을 높이는 '이야기 뼈대 만드는 법'이야말로 반드시 터득해야 하는 기술이다. 그게 없으면 1년에 몇 권씩 써낸다는 보장도, 정기 출간 계획 일정도, 출간 도서가 쌓여 당신에게 이윤이 된다는 보장도, 빠듯한 마감 일정을 맞출 수 있다는 보장도 없기 때문이다.

내가 쓴 두 작품으로 예를 들겠다.

『죽은 자를 위한 세례Baptism for the Dead』는 2012년도에 출

간한 소설이다. 독자들은 일관되게 아주 좋은 평을 남겨주었다. 나 역시 이 작품은 문학 팬들에게 기쁨을 주는 아주 멋진 소설이라 생각한다. 그러나 나는 6만 단어를 겨우 넘기는 분량을 쓰기 위해 어처구니없게도 2년이라는 시간을 소비했다. 책을 쓰기 전 구체적인 계획을 세우지 않았기 때문이다. 미리 잡아놓은 뼈대도 없었고, 이야기가 어디로 갈지도 정하지 않았다. 그냥 끈질기게 엉덩이만 붙이고 앉아 쓴 것이다. 나라는 사람의 입장에서 보면 굉장히 성취감을 준 경험이고, 지금까지 쓴 책 중에 최고로 꼽을 책이라 좋긴 하다. 날개 돋친 듯이 잘 팔리지는 않았지만, 어쨌든 나는 첫 작품을 써냈다는 사실에 뛸 듯이 기뻤다.

반면 『죽은 자를 위한 세례』를 쓰느라 긴 시간을 갉아먹은 걸 생각하면, 내 안에 있는 전업 작가 정신이 몸서리를 친다. 2년이라면 적어도 열두 권은 너끈히 썼을 시간이니까.

이 숫자는 결코 과장이 아니다. 내 경력은 그때가 시작이었지만, 그렇다 해도 『죽은 자를 위한 세례』를 붙잡고 앉아 있는 시간 동안 열두 권은 손쉽게 썼을 것이다. 단, 기초 작업을 제대로 했더라면 말이다.

새로운 소설 『갈고리 지팡이와 도리깨The Crook and Flail』*의

---

*『갈고리 지팡이와 도리깨』는 이집트의 신화를 모티브로 한 판타지 소설이다. '갈고리 지팡이'와 '도리깨'는 이집트에서 각각 왕권과 땅의 비옥함을 상징한다. 원래는 오시리스 신의 속성이었으나 후에 파라오 왕이 가진 권위의 표식이 되었다.

경우 2013년을 맞은 직후, 딱 하루 동안 이야기의 뼈대를 만들고 바로 다음 날 글쓰기에 돌입했다. 그리고 21일 후, 글자 수 9만자로 채워진 역사 소설 초고를 완성했다. 단 3주 만에 『죽은 자를 위한 세례』보다 1.5배나 긴 책을 써 낸 것이다.

『죽은 자를 위한 세례』보다 『갈고리 지팡이와 도리깨』가 훨씬 더 많이 팔렸다. 사실을 말하자면, 『갈고리 지팡이와 도리깨』는 출간된 지 1년 반이 넘은 지금까지도 내 수익을 든든히 받치고 있는 대들보 중 하나다.(참고로 그 후에 출간했던 작품이자 이 책에서 예시로 자주 언급할 『타이드워터』는 20만 부 가까이 팔렸다.)

위에서 언급한 예시로 내가 왜 이야기 뼈대 만드는 법을 중시하고 소개하려 하는지 굳은 신념이 전달되었기를 바란다. 작가로서 원대한 꿈을 가진 사람이라면 누구나 제대로 된 작법을 배워야 한다는 신념 말이다.

만약 당신이 생각을 유연하게 풀어놓고 창의력을 폭넓게 발휘하는 걸 좋아한다면, 자신감을 가져도 좋다. 그것은 매번 이야기의 뼈대를 만들며 문서화할 필요가 없다는 의미니까. 미리 뼈대를 만드는 효과를 신뢰하는 나조차도 이 방식을 모든 작품에 적용하지는 않는다. 때로는 아무런 길잡이 없이 유연한 생각의 틈에서 새로운 발견을 하는 걸 즐기기도 한다.(사실 현재 여가 시간을 이용해 작업 중인 소설이 하나 있는 데, 나도 이 작품을 쓸 때는 늘 그냥 손이 가는 대로 쓰고 있다.)

새 작품을 꾸준히 발표하려면

하지만 전업 작가로서 책을 쓴다면, 이야기 뼈대를 만들지 않고서는 아무것도 이룰 수 없다. 생계를 지탱하는 것도, 정기 출간 목표를 이루는 것도 어려운 데다 폭넓은 독자층의 심금을 울리며 대중성을 확보하는 글을 쓰기도 힘들다.

보시다시피 미리 계획해서 써야 할지, 일단 생각나는 대로 써야 할지 몰라 빠져나올 수 없는 진퇴양난에 처했다면, 양쪽 모두에 발을 담그는 것도 가능하다. 그렇지만 여러분이 전업 작가가 되어 꾸준히 새로운 작품을 발표하겠다는 마음을 먹었다면 분명히 속도와 자신감이 필요할 때가 올 것이고, 그때가 되면 제대로 구축한 이야기의 뼈대가 여러분의 친구가 되어줄 것이다. 이 기술은 한 번 습득하면 늘 준비되어 있는 도구함 속 장비가 되어, 글쓰기에 필요할 때마다 언제든 꺼내 쓸 수 있을 테니까.

자, 어떤가? 이 강력한 장비가 무엇인지 알고 싶지 않은가? 이야기의 기틀을 제대로 탄탄하게 세워 속도와 능률을 높이며 자신감을 얻고 싶은가? 튼튼한 뼈대를 만드는 과정에 뛰어들 마음이 있는가?

좋다! 그렇다면 이제 무턱대고 쓰는 법은 놓아줄 때가 되었다.

CHAPTER
1

끌리는 이야기의 핵심에는
무엇이 있는가

모든 이야기에는
5가지 핵심 요소가 있다

이야기 뼈대 만드는 법을 배우기 전에, 이 방법이 왜 효과가 좋은지, 어떻게 이야기 장르나 분량 또는 독자의 나이와 상관없이 창작에 적용할 수 있는지 얘기해보려 한다.

앞서 독자들이 원하는 이야기의 형태를 특정할 수 있다고 말한 것을 기억하는가? 독자들은 마음 깊은 곳을 건드리며, 원형에 가까운 이야기의 핵심 요소에 반응한다. 작가로서 창작하는 글이든, 독자로서 읽는 글이든, 의식하지 못하는 새 끌리는 글은 반드시 이런 이야기다. 하지만 모순되게도 대다수 사람들은 잘 인지하지 못한다. 수십 년 동안 읽고 썼다 해도 말이다. 그래서 나는 이런 이야기를 만들어내는 핵심 요소를 깨달았을 때, 며칠을 꿈꾸는 듯한 눈으로 서성거렸다.

이야기 뼈대의 핵심 요소를 식별하는 능력, 다시 말해 어떤 책이든 좋은 이야기의 본질은 모두 완벽하게 똑같다는 점을 알아보는 능력은 진짜 계시나 다름없다. 이를 깨닫는 순간에는 너무나 믿기지 않아서 "그럴 리가!"라고 의심을 품을 수도 있다. '이야기'라는 게 무엇인지 파악하는 그 순간, 어떤 이야기에서든 진짜 핵심을 찾아낼 수 있는 특별한 능력을 얻는 그 순간, 여러분은 그것이 내내 당신의 얼굴을 빤히 쳐다보고 있었다는 것을 깨닫게 된다. 그동안은 미처 알아채지 못한 것뿐이다. 왜냐하면 핵심 요소가 탄탄한 이야기란 우리 모두에게 너무나 익숙한 것이라 굳이 찾겠다고 노력하지 않는 이상 눈에 띄지 않기 때문이다.

앞으로 내가 알려줄 이야기 뼈대 만드는 법의 본질은 5가지 핵심 요소를 구축하는 데 있다. 이야기 뼈대의 5가지 핵심 요소는 매우 중요하니 잘 기억해두길 바란다. 이 책에서 다룰 모든 내용은 바로 핵심 요소에 근거를 둔다. 자, 이제 그동안 책과 영화, 드라마, 오페라를 비롯해 마음에 끌렸던 모든 이야기에서 핵심 요소가 무엇이었는지 떠올려보자.

독자의 마음을 사로잡는 5가지 핵심 요소는 다음과 같다.

이야기 뼈대의 5가지 핵심 요소

1 중심인물이 있다.(주인공)

2 중심인물이 무언가를 원한다.(외적 목표)

3 그러나 그걸 쉽게 얻지 못하도록 방해받는다.(적대자)

4 그래서 거기에 저항해 고군분투한다.(플롯)

5 마침내 성공하거나 실패한다.(결말)

좋은 책 한 권 한 권은 언제나 이러한 5가지 핵심 요소를 갖는다. 때때로 어떤 요소는 너무 흐릿하고 모호해 알아차리기 힘들 수 있다. 하지만 어떤 책에서 매력이 느껴진다면, 그 밑바탕에는 5가지 핵심 요소를 모두 갖춘 이야기 뼈대가 있다는 걸 짐작할 수 있다. 액션이 가득한 공상 과학 어드벤처든, 로맨스든, 어린이 그림책이든, 딱 떨어지는 플롯 없이 산문을 쓰듯이 감정을 따라가는 소설이든, 어떤 책을 계속 읽고 싶은 마음이 든다면 그 이유는 작품 속에 이야기 뼈대의 핵심 요소가 있기 때문이다.

앞으로 설명할 이야기 뼈대 작성법에는 5가지 핵심 요소가 중심을 차지한다. 새로운 이야기를 창작할 때 5가지 핵심 요소를 중심으로 이야기 뼈대를 세운다면, 독자는 그 작품에 마음을 빼앗겨 끝까지 눈을 떼지 못할 것이다.

좋은 작품에는 모두 5가지 핵심 요소가 있다는 사실이 믿기지 않는가? 그렇다면 여러 장르에서 작품을 뽑아 몇 가지 예를 살펴보자. 지금 거론하는 예시는 나중에 다시 살펴볼 것이다. 이야기 뼈대를 만들어감에 따라 5가지 핵심 요소가 어떻게 확장되는지 유의해서 보라.

『샬롯의 거미줄』, E.B 화이트

이야기가 진행되는 내내 아기 돼지 윌버는 다양한 것을 원하지만, 그중 가장 절박한 소원은 살아남겠다는 열망이다! 품평회가 끝나자 윌버는 죽임을 당해 베이컨이 될까 봐 두렵다.

위기에서 벗어나려면 일반 돼지와는 다른 존재가 되어야 한다. 그래서 수완 좋은 친구와 함께 자신이 특별하게 보일 수 있도록 일종의 '홍보 활동'을 개시한다. 그 결과, 윌버는 살아남는다.

『롤리타』, 블라디미르 나보코프

중년 남성인 험버트 험버트는 개탄스럽게도 어린 소녀를 탐하는 취향이 있다. 험버트는 롤리타의 육체뿐만 아니라 마음과 정신까지도 소유하려고 든다. 그리고 자신이 '사랑하는' 방식대로 롤리타가 사랑을 돌려주길 바란다. 자기 자신밖에 모르는 험버트는 롤리타를 사실상 납치*하여 끊임없이 이동하고, 롤리타가 또래

* 험버트 험버트는 롤리타에게 접근하기 위해 남편과 사별한 그녀의 어머니와 결혼해 양부가 된다. 그러나 어머니마저 사고로 목숨을 잃자 롤리타를 독차지하게 된다.

와 어른들에게 도움을 받지 못하도록 사전에 차단한다. 모두 자신이 원하는 관계를 만들기 위해서다. 그러나 롤리타는 험버트를 따돌리고 그의 영향에서 벗어나 평범한 삶을 이룬다. 이후 결국 롤리타는 사망하고, 험버트는 자신의 목표를 영원히 이룰 수 없게 된다.

『모자 쓴 고양이』The Cat in the Hat』, 닥터 수스

비 오는 어느 날, 지루함에 지친 두 아이가 뭔가 재밌는 일을 찾는다. 그때 갑자기 모자 쓴 고양이가 나타나 도가 지나친 장난을 벌인다. 엄마가 발견하면 크게 혼쭐이 날 일이다! 날뛰는 고양이를 진정시키지 않으면 엄마가 집에 와서 미지의 존재 1번과 2번을 발견할 것이다. 마침내 자기 방식이 잘못됐음을 느낀 고양이는 아이들이 곤경에 처하지 않도록 겨우 시간에 맞춰 집 청소를 마치게 도와준다.

『앵무새 죽이기』, 하퍼 리

심도 깊고 무게 있는 주제를 다루는 복잡한 소설들이 그러하듯, 앵무새 죽이기의 주인공 스카웃과 나머지 등장인물은 서로 원하는 것이 다르다. 그러나 스카웃이 가장 원하는, 가장 알고 싶어하는 것(스카웃의 외적 목표)은 부 래들리 아저씨의 정체다. 이 비밀스러운 인물에 마음을 빼앗긴 스카웃은 이 아저씨가 누군지, 왜 그가 그렇게 은둔하며 이상하게 지내는지 알고 싶다. 그 욕망은 소설 주제, 즉 편견과 싸우는 용기를 드러내는 수많은 상징 중 하나이다. 스카웃은 부 아저씨를 집 밖으로 나오게 하려고 수없이 시도한다. 결국 스카웃은 오빠와 위험에 빠졌을 때 도우려고 나타난 부 아저씨를 마주한다. 그리하여 마침내 스카웃은 부 아저씨가 전설이나 괴물이 아닌, 자신과 별다를 바 없는 감정을 가진 한 인간이라는 점을 깨닫는다.

- -

『오즈의 마법사』, L. 프랭크 바움

회오리바람에 휩쓸려 이상한 나라로 간 도로시는 캔자스의 집으로 되돌아가고픈 마음뿐이다. 그런데 대마법사 오즈는 서쪽 마녀를 물리치고 오면 소원을 들어주겠다는 조건을 내건다. 수없이 많은 위험 속에서, 도로시가 집에 가기 위해 떠난 여정은 하나씩 펼쳐지는 장애물로 가로막힌다. 그러나 마침내 도로시와 친구들은 각자의 약점을 극복하고, 도로시는 목표를 이루는 데 필요했던 힘이 언제나 자신에게 있었다는 점을 깨닫고 안전하게 캔자스의 집으로 되돌아온다.

- -

겉으로 보기에는 너무나도 다른 다섯 작품을 보며, 우리는 이야기 뼈대의 핵심 요소가 모두 똑같이 들어 있다는 것을 알 수 있다. 5가지 핵심 요소는 중심 뼈대가 되어 좋은 작품을 만들고, 마치 갈고리처럼 독자의 눈길을 사로잡아 작가가 창조한 세계로 끌어들인다. 반대로 핵심 요소가 하나라도 빠진다면, 이야기 뼈대를 견고하게 세우는 것은 불가능하며 매력이 가득한 책을 쓸 수 없다.

핵심 요소를 떠받치는
이야기 뼈대의 세 축

미리 이야기 뼈대를 잡고 글쓰기 작업을 시도한 작가들은 많다. 그만큼 뼈대를 어떻게 생각하는지 각자 견해도 다르다. 대부분은 미리 뼈대를 잡고 글쓰기를 시작하면 제한이 너무 많다고 느낀다. 이야기에 깊이 들어가면서 사건이 다른 방향으로 전개되어야 한다고 느낄 때조차, 초반에 세운 계획을 그대로 고수해야 한다는 압박을 느끼기 때문이다.

어떤 작가들은 이야기 뼈대를 세우는 걸 시간 낭비로 여긴다. 앞으로 무슨 일이 펼쳐질지 생각해봤자 실제로 글을 쓸 때가 되면 의미가 없어진다고 생각하기 때문이다. 또 미리 이야기 뼈대를 만들면 책을 향한 열정이 갉아먹힌다고 생각하는 사람들도 있다. 일단 플롯이 어떤 것인지 자세히 알고 나면 글을 쓸 흥미가 더 생기지 않는다는 이유에서다.

아마 이야기 뼈대를 만들어본 사람이라면 비슷한 경험을 했을 것이다. 나쁜 소식을 전해서 미안하지만 이 말은 해야겠다. 시도했는데 그다지 좋은 점을 발견하지 못했다면, 그건 제대로 하지 않아서다.

쫄지 마라! 이야기의 뼈대를 제대로 잡을 수 있는 방법은 분명 존재한다. 뼈대를 잘 만들면 플롯의 세부 사항을 만들 때 창작의 자유를 확보하는 한편, 정확히 그려둔 지도를 따라가며 이야기가 매력이 넘치는 구간으로 접어들게 할 수 있으며, 만약 당신이 원한다면 플롯의 많은 부분을 여전히 미스터리로 남길 수도 있다.

제대로 만든 이야기 뼈대는 세 가지 축으로 이루어진 특정한 삼각형 구조를 따른다. 이 구조가 바로 여러분이 제일 처음으로 배워야 하는 것이다. 물론, 글을 쓸 때마다 융통성 없이 '정형화된' 구조를 따라야 한다는 의미는 아니다. 세 축의 구조는 글을 실험하듯이 각양각색으로 쓰면서도 적용할 수 있다. 때에 따라 이랬다 저랬다 하면서 말이다.

이 책을 읽으며 이야기 뼈대를 어떻게 만들고 확장하는지 알 수 있을 것이다. 그러나 5가지 핵심 요소를 가지고 이야기 뼈대를 눈에 보이는 형태로 만들기 전에 당신은 먼저 삼각 의자에 앉아야 한다.

내가 삼각 의자라고 부르는 이 삼각형 구조는 5가지 핵심 요소를 지탱하는 이야기 뼈대의 세 축으로 이루어져 있다. 이것은 실제 의자와 마찬가지다. 여기서 다리가 하나라도 빠지면 이야기 전체 구조가 무너지고, 이야기 뼈대의 핵심은 바닥으로 떨어져 굴러다니다 먼지덩어리가 되어 결국 뜨악한 모습으로 남을 것이다.

이야기 뼈대의 세 축은 삼각 의자의 세 다리처럼 모두 똑같이 중요하다. 하나가 다른 하나보다 짧으면, 즉 두 다리에 들이는 노력만큼 나머지 다리에 정신을 쏟지 않는다면, 여러분이 쓰는 이야기는 곧 무너질 듯이 위태로운 모습이 될 것이다. 그러면 어떤 독자도 그 위에 편안히 앉지 못한다.

그러나 세 축을 모두 똑같이 정성들여 견고하게 만든다면, 여러분은 멋있으면서도 안전한 토대 위에 이야기 뼈대의 핵심을 세울 수 있다. 삼각 의자의 세 다리처럼 이야기 뼈대의 핵심을 받치는 세 축은 다음과 같다.

이야기 뼈대의 세 축

✦ 캐릭터 아크[*]

✦ 주제

✦ 전개속도

[*] 캐릭터 아크(Character Arc)는 이야기가 진행되는 동안 주인공이 겪는 내적 변화를 뜻한다.

이야기 뼈대의 세 축이 무엇인지는 앞으로 세세히 설명할 것이다. 우선 이 축에서 빠진 것이 무엇인지 살펴보자. 그것은 바로 플롯이다. 플롯은 '소설이나 그와 비슷한 작품에서 작가가 자신의 의도대로 순서를 고안하고 제시하는 유기적인 사건의 흐름'을 의미한다. 즉 플롯은 일련의 사건 구성이다. 플롯에 따른 순서대로 일이 드러나고 사건이 얽힌다. 등장인물 외부에서 일어나 결국 등장인물에게 내적 경험을 만들어주는 사건의 흐름이 바로 플롯이다.

플롯을 이야기 뼈대의 세 축에 포함하지 않은 이유가 있다. 많은 작가들이 이야기 뼈대를 잡을 때 플롯만 만들면 된다고 생각하고 실제로 그렇게 실행한다. 각 사건에 원인과 결과가 생기도록 사건들을 사리에 맞게 순서를 정해 배치하고 엮는 것이다. 그런데 그건 이야기 뼈대를 잡을 때 중요한 단계이긴 하지만 실제로는 가장 마지막 단계가 되어야 한다. 플롯은 이야기 뼈대를 잡는 도중 언제든 변할 수 있기 때문이다.

따라서 이야기 뼈대를 만들 때 이야기 뼈대의 세 축을 중심에 두지 않고 플롯을 중심으로 작업하면 플롯이 바뀔 때마다 뼈대도 그에 따라서 바꿔야 하는 고된 일이 생긴다. 그저 한 사건 후에 다른 사건이 터지는 식으로 이야기를 끌고 간다고 생각해보자. 이렇게 다른 측면은 신경 쓰지 않고 플롯을 만들면, 작가는 막다른 골목으로 몰리고 예기치 않은 장애물에 맞닥뜨리느라 만족스러운 결과물을 만들 수 없다. 무엇보다 예상 밖에 더 많은 시간을 낭비하느라 일단 앉아서 떠오르는 대로 글을 쓸 때 기대하는 효과를 전혀 누리지 못한다.

무엇보다 플롯과 이야기는 다르다는 점을 상기해야 한다. 적어도 이 책에서 이야기 뼈대를 만들 때는 그러하다. 확실한 것은 플롯이 이야기를 구성하는 한 부분에 불과하다는 점이다. 플롯은 이야기 뼈대의 한 구성 요소이지만, 믿거나 말거나 제일 비중이 떨어지는 요소이다. 만약 이야기 뼈대의 세 축(캐릭터 아크, 주제, 전개속도)에 근거해 노력을 쏟는다면, 플롯의 세부 사항을 백 번이고 고쳐 쓰더라도 본질적으로는 같은 이야기를 쓸 수 있기 때문이다.

앞서 이 책에서 이야기 뼈대를 세워 놓고도 여전히 창의성을 발휘할 수 있게 '빠져나갈 구멍'을 꽤나 많이 허용한다고 말한 이유가 바로 이것이다. 만약 여러분이 반전과 예상 밖 전개를 만드는 걸 좋아한다면, 이야기 뼈대에서 플롯은 작성하지 않아도 무방하다. 글을 쓰면서 만들어내면 되기 때문이다. 그럼에도 여전히 단단한 축이 있기에, 극단적으로는 글을 수정하면서 플롯을 몽땅 바꾼다고 해도 이야기가 완벽할 뿐 아니라 매력이 넘칠 거라는 확신이 사라지지 않을 것이다!

앞으로는 이야기 뼈대를 만드는 방법을 소개할 것이다. 삼각 의자의 다리처럼 굳건한 이야기 뼈대의 세 축(캐릭터 아크, 주제, 전개속도)을 하나씩 집중해 설명하며 각 축이 이야기 뼈대의 핵심 요소와 어떻게 연결되는지 보여줄 것이다. 이야기 뼈대의 세 축은 여러분이 세울 이야기 뼈대의 효과를 극대화한다. 그리하여 여러분의 이야기가 바른 길을 걷고 있다는 사실을, 또한 매력 있고 만족감이 가득한 독서 경험을 선사할 것이란 사실을 보증할 것이다. 또한 이야기 뼈대의 핵심 요소에 집중하며 플롯의 사건을 어떻게 발전시킬 수 있는지를 보여줄 것이다. 그렇게 하면 사건들은 서로 연관성을 지녀 독자가 눈을 떼지 못할 것이다.

그렇지만 앞으로 설명할 순서는 각 요소의 중요도를 나타내지 않는다. 이 때문에 혼란을 느끼지 말았으면 한다. 내가 이런 말을 늘어 놓는 이유는, 이야기 뼈대의 세 축이 모두 똑같이 중요하며, 이를 중심으로 기초만 제대로 만든다면 세부적으로 플롯을 구성하는 일은 제일 중요도가 떨어지기 때문이다. 이제 우리는 다음 순서대로 이야기 뼈대를 만드는 방법을 살펴볼 것이다.

- ✦ 캐릭터 아크
- ✦ 주제
- ✦ 플롯
- ✦ 전개속도

왜 이 순서인가? 왜 플롯을 전개속도보다 더 먼저 설명하는가? 왜냐하면 실제 이 순서대로 이야기를 만드는 게 맥락이 자연스러워 이해하기 쉽기 때문이다.

플롯을 전개속도보다 앞에서 다룬다고 해도, 플롯이라는 건 나중에 언제든지 바꿀 수 있다는 걸 명심하길 바란다. 플롯은 꿈틀꿈틀 움직이기에 여러분이 원하는 대로 완벽하게 뒤바꿀 수 있다. 플롯이 바뀌더라도 여전히 이야기 뼈대의 세 축이 삼각 의자의 다리처럼 핵심 요소를 뒷받침한다면, 이야기 뼈대는 제 역할을 할 것이다. 그러나 캐릭터 아크, 주제, 전개속도에 동일하게 집중하지 않으면 이야기 뼈대는 와르르 무너져 내린다. 결국 이야기의 통일성과 완성도에 문제가 생기고 만다.

다시 말하면, 전개속도를 가장 마지막에 다룬다고 해서 어물쩍 넘길 생각은 하지 말라는 얘기다. 독자가 계속해서 책장을 넘기게 하는 전개속도야말로 독자를 책으로 더욱 가까이 끌어들이는 비결이기 때문이다!

이야기 뼈대의 중심,
캐릭터 아크

그러면 플롯과 이야기가 다르다는 것에서부터 시작하자.
이야기란 무엇인가? 간단히 말해, 이야기는 캐릭터 아크를
말한다. 즉, 감정과 정신 면에서 인물의 성격이 A 지점에서
B 지점까지 변화하며 성장하는 흐름을 의미한다. 이야기는
모두 내적 성장을 다루지 외적 사건을 보여주는 게 아니다.
자신을 속박하던 이전 행동이나 신념을 벗어 던지고 마침내
'진정한 자아', 즉 '본래 자기 모습'을 되찾는 것이 바로 이야
기다.

언뜻 보기에 너무 진부한 얘기라는 걸 나도 안다. 하지만
'의미 있는 삶을 살려는 투쟁'은 인류가 글을 쓰는 내내 함께
했으며, 글쓰기가 예전부터 우리 문화, 학습, 오락의 일부였

다는 것은 의심할 여지가 없다. 더 나은 인간이 되기 위해 성장하려는 몸부림이야말로 전 세계에서 끊임없이 반복되는 신화이기 때문이다. 그렇기에 주인공이 성장하려는 투쟁을 담은 이야기는 인간의 내면 깊숙한 곳에서 심금을 울린다. 옛 신화에서도 볼 수 있듯이, 독자는 모두 잠재 의식 차원에서(심지어 본능까지도) 연결될 수 있다.

　바로 그 때문에 플롯이 아닌 캐릭터 아크야말로 이야기 뼈대를 만들 때 중심이 된다. 제대로 된 캐릭터가 중심이 되지 않으면 그 어떤 플롯도 완벽한 개연성을 가지기 힘들다. 폭발물이 쾅쾅 터지고, 수없이 많은 공룡이 미친 듯 뛰어다니고, 악당이 참혹할 만큼 사악하고, 반전이 할 말을 잃을 만큼 간교하더라도 중심인물을 제대로 설정하지 않았다는 느낌이 들면 그 플롯은 독자를 끌어당기지 못한다.

　그렇지만 중심인물에게 관심이 간다면, 아무리 조용하고 단순한 플롯일지라도 무게가 있고 매력이 느껴지는 법이다.(제임스 본드처럼 캐릭터 아크가 제대로 설정되지 않은 캐릭터라 하더라도, 여전히 인물에게 사건을 일으키는 요소가 있음은 분명하다. 본드가 섹시한 스파이를 따라다니느라 얼마나 자주 곤경에 빠졌는지 생각해보라. 그놈의 바람기만 없었다면 본드의 인생과 임무는 훨씬 더 수월했을 것이다! 시리즈 속 영화가 끝날 때마다 남는 건 그 옛날과 똑같은 본드지만, 그럼에도 그의 성격은 이야기에 많은 영향을 끼친다.)

많은 작가들, 특히 젊은 작가나 글 써본 경험이 전무한 초심자는 독자에게 자신의 캐릭터가 눈에 띄도록 누구에게도 없는 특별한 특성을 부여하고 싶어 한다. 눈이 번쩍 뜨일 만큼 아름답다거나, 놀라운 마법의 힘이 있다거나, 비범하게 총명하여 어떤 사건이든 재깍 푼다거나⋯⋯. 그러나 이 모든 것이 플롯에 매력을 선사할 수는 있어도, 그 자체로 캐릭터에 큰 영향을 미치지는 않는다.

막 글을 쓰기 시작한 작가들이 처음으로 비평을 구할 때면 다양한 조언을 받는데, 그걸 한마디로 정리하자면 다음과 같다.

"캐릭터를 안타깝게 만들어라."

보통 캐릭터가 너무나 매력 있지만 개성이 부족할 때 이러한 조언을 듣는다. 하지만 "캐릭터를 안타깝게 만들어라."라는 말의 진짜 의미를 제대로 아는 사람은 없다. 나 역시 당최 모르겠다. 그건 무슨 뜻일까? 주인공을 잔혹한 세상에 고아로 단 혼자 남기라는 말인가? 주인공이 엄청난 기회를 놓쳐야 한다는 말인가? 서투르거나 수줍음을 타는 등 귀엽게 봐줄 만한 결함이 있어야 한다는 말인가?

"캐릭터를 안타깝게 만들어라."라는 말은 아마 초보 작가가 가장 숱하게 듣는 조언일 것이다. 하아. 그러나 더 슬픈 일은, 이 조언을 할 때 어떻게 하면 그걸 완수할 수 있는지 추가 설명을 곁들이는 사람이 없다는 점이다. 그걸 알아내는 건 고스란히 초보 작가의 몫이 된다. 결국 작가들은 완벽한 주인공에게 '결함'을 대충 하나 부여하거나, 고아 같은 사회적 약점을 추가하는 것으로 해결하려 한다.

책을 몇 권이나 낸 기성 작가들도 여전히 이 함정에 많이 빠진다. 캐릭터를 '안타깝게' 만들기 위해 몇 가지 '결함'을 추가하고는, 그 정도만으로 독자가 캐릭터에 충분히 관심을 갖고 시간을 투자할 거라고 생각한다. 그러나 보통 그걸로는 충분하지 않다. 결국 그런 책은 마지막 장을 덮는 족족이 버림받는다.

이야기 뼈대의 세 축 중 하나인 '캐릭터 아크'를 다시 얘기해보자. 캐릭터 아크란 주인공이 감정과 정신 면에서 A지점에서 B지점으로 발전해가는 과정이다. 발전이라는 단어는 B지점이 A지점에 비해 향상되었다는 것을 의미한다. 그렇지 않은가? 그러므로 독자가 작품에 관심을 갖도록 캐릭터 아크를 만든다는 것은 초반에 중심인물에게 무언가 향상될 여지를 준다는 것과 다름없다.

그러니까 내 말은, 중심인물을 안타깝게 만드는 게 아니라 확실한 결함이 있는 인물로 만들라는 거다. 어설프다거나 숫기가 없다거나 눈 색깔이 아주 독특하다거나 사랑스럽고 귀여운 결함을 말하는 게 아니다. 그런 것들은 이해 관계에 아무런 도움이 되지 않는다. 심각하고 거대하고 겁이 날 정도로, 어쩌면 인생을 망칠 수도 있는 그런 결함을 만들자. 중대한 결함이 있는 인물을 주인공으로 설정하면 캐릭터 아크는 자연스럽게 그 결함을 수정하는 데 집중이 된다. 주인공이 더 나은 사람, 즉 본래 가진 운명대로 알에서 깨어나와 과업을 완수하는 신화 속 영웅의 전형처럼 변하는 것이다. 물론 이것은 모험(플롯 속 사건들)을 겪으며 자기 자신을 더 나은 존재로 밀어붙여야만 일어나는 변화이다.

우리 모두는 더 나은 방향으로 변화하려는 시도를 좋아한다. 심지어 그 시도가 실패로 끝날지라도 말이다. 캐릭터 아크의 끝에서 중심인물이 실패한다고 해도 전혀 문제되지 않는다. 거창하게 실패한다 해도 그렇다!(「얼음과 불의 노래」 시리즈에서 네드 스타크가 어떻게 됐는지를 생각해보라.) 사람들은 영웅 서사의 여정을 걸으며 노력하는 사람을 응원하는 법이다.(이게 무슨 말인지 모르겠다면 조지프 캠벨의 『영웅의 여정』을 읽어보라.) 우리는 태곳적부터 몸부림치고, 변화하고, 자기 자신을 발전시키는 영웅에게 찬사를 보냈다. 자신을 계발하는 영웅은 우리 마음 속 깊은 본능에 말을 걸고, 독서를 멈추지 못할 정도로 흥미진진한 이야기를 들려주기 때문이다.

내가 심각한 결함을 가진 중심인물로 이야기를 시작하는 게 중요하다는 걸 확실히 깨달은 때가 있다. 존 트루비가 쓴 『이야기의 해부: 스토리텔링의 대가가 되기 위한 22단계』를 읽을 때였다. 이 책에는 시작부터 끝까지 유용한 예제와 함께 이야기 구성을 다루는 탁월한 시각이 담겨 있다. 그러나 주로 영화 시나리오를 쓰는 작가 대상이었다. 영화든 책이든 이야기만 놓고 보면 비슷한 면이 많지만, 모든 게 같지는 않다. 그래서 나는 존 트루비가 탁월하게 구축해 놓은 22단계 방식을 참고하여, 내 나름으로 이야기를 뼈대부터 잡아 세부 사건까지 만드는 방법을 고안했다. 독자들이 글 쓰는 데 적합하도록 트루디가 설명한 과정에서 상당 부분을 줄였고, 거기에 내 자신의 깨달음과 경험을 대폭 추가했다.

흥미진진한 이야기는 모두 주인공의 커다란 내적 결함에서 시작된다는 트루비의 말은 정확하다. 이 사실은 책이나 영화를 가리지 않는다. 독자나 관객이 이야기를 보며 '주인공이 꼭 마음을 달리 먹고 정신을 차려야 할 텐데.'라고 이입하는 순간, 바로 이야기에 푹 빠질 것이다.

주인공의 결함은
왜 필요한가

주인공의 결함을 더 자세히 이야기해보자. 결함은 매우 중요한 목적을 두 가지나 달성하게 도와주는, 캐릭터 아크에 매우 중대한 요소이다.

첫째, 결함은 독자의 관심을 낚아채 주인공에게 향하게 한다. 즉, 여러분이 쓴 이야기에 관심을 갖게 한다는 뜻이다. 주인공에게 결함이 있다는 건 책의 마지막 장을 덮을 때쯤이면 그가 진정한 영웅으로 변모할 것이라는 계시를 내리는 것과 같다. 영웅이 될 존재가 있으면 우리는 자연스럽게 이야기에 끌린다. 영웅의 여정을 준비하는 주인공을 보며, 독자는 자신도 모르는 사이에 이야기가 알차고 매력이 있으며 읽는 내내 재미있을 거라고 기대한다.

둘째, 주인공에게 결함이 있는 덕분에 이야기의 선택 범위가 상당히 줄어든다. 일단 결함을 설정하면, 인물 밖에서 일어나는 사건들(플롯)은 캐릭터 아크를 따라서 논리에 맞게 벌어져야 하기 때문이다. 우리는 주인공이 시행착오 끝에 결국 A 지점에서 B 지점으로 갈 수 있도록, 그리하여 더 나은 사람으로 변모하는 데 성공(혹은 실패)하도록 디딤돌을 마련해주어야 한다. 주인공의 결함은 향후에 촉발하는 사건이나 적대자, 조력자와 맺을 관계는 물론이고 더 나은 사람이 되려는 과정에서 일어나는 시행착오를 비롯해 모든 것을 좌우한다.

결함은 주인공이 성장하는 데 확실한 장애물로 작용해야 설득력이 생긴다. 아무런 의미 없이 주인공을 방해하거나 불편한 상태에 빠트리는 것은 쓸모없는 일이다.

예를 들면 이런 거다. 주인공이 이성을 신뢰하는 데 가벼운 문제가 있다든가, 혹은 개 공포증을 비밀에 부친 채 치와와에게 공격을 당할까 두려워 하루 종일 집 안에 틀어박혀 있다든가, 자신의 판단을 믿지 못한다든가, 허풍쟁이라든가, 사랑하는 사람들에게 다정하게 대하지 못하는 사람이라든가 하는 것들은 모두 쓸데없는 설정이다.

결함은 심각해야 한다. 주인공이 충만한 삶을 살 수 없게 하고, 자아실현을 할 수 없게 하며, 심지어 타인에게 해를 입히는 정도가 되어야 한다. 결함이 주인공 자신과 주변 사람들 인생에 눈에 띌 만큼 해를 가할 정도가 되어야 해볼 만하다.

여러분은 내가 위에서 말한 어떤 예시도 전혀 사용할 필요가 없다.(좋다면야 상관없지만!) 책마다 주인공의 결함을 생각하며 쓴다고 해도 그것 때문에 당신이 쓰는 모든 책이 뻔하거나 다 똑같아 보이지는 않을 것이다. 실제 사람들이 겪는 내면의 어려움은 얼마나 많은가. 그렇게 셀 수 없이 다양한 심리적 장애물 중에 하나만 고르면 되는 것이다!

나는 인물들의 결함을 폭넓고 다양하게 설정해 큰 효과를 냈다. 인물이 가진 결함이 모두 다르기 때문에, 내 책을 모두 다 본 독자도 내 책들이 고만고만하다거나 비슷하다거나 뻔하다고 느끼지 않는다. 내가 쓴 작품을 예로 들자면, 등장인물의 결함을 중점으로 다루면서도 여전히 아주 다양한 책을 쓸 수 있다는 걸 알 수 있다.

『세크메트의 침대The Sekhmet Bed』에 등장하는 아모스는 순진한 사람으로, 신의 축복이 함께하는 한 자신은 잘못을 저지르지 않는다고 믿는다.『죽은 자를 위한 세례Baptism for the Dead』에 나오는 익명의 서술자는 자신을 숨 막히는 상황에 너무 오래 방치한다.『타이드워터Tidewater』를 보자. 포카혼타스는 자신이 갖고 태어나지 못한 높은 지위를 갈망하여, 그것을 얻기 위해서라면 무엇이든 할 용의가 있다. 존 스미스는 타인을 적대하고 낮잡아 본다. 오페찬카노는 걸핏 하면 모든 문제를 폭력으로 해결하려 든다. 그런가 하면 3주 동안 썼던 『모래와 돌의 딸Daughter of Sand and Stone』에 나오는 주인 공은 위험할 정도로 선을 넘은 오만을 떨쳐 내지 못한다.

주인공의 내적 고뇌를 최전방에 배치한다고 해서 '다 똑같은' 느낌을 줄 거라 걱정하지 않아도 된다. 이 점은 나를 믿어도 된다. 이것만으로 충분히 독자들을 짜릿하게 만들 수 있다.

그렇지만 꼭 기억하자. 앞서 말했듯이 주인공의 결함이 무엇이든, 그건 아주 심각하고 중대해야 한다. 치아가 벌어졌다거나 사람이 얼뜨기라고 하는 것보다는 훨씬 더 심각한 것이어야 한다는 의미다.

또한 결함은 변화할 여지가 있어야 한다. 주인공이 자기 여정 속에서 옳은 결정을 내린다면 벗어날 수 있는 것이어야 한다. 예를 들어 주인공이 하지 마비라고 생각해보자. 마비는 결함에 해당되지 않는다. 벗어날 수 없기 때문이다. 하지만 자신이 처한 상황을 자꾸 곱씹거나, 한계를 받아들이길 거부하거나, 다리와 전혀 상관없는 능력마저도 인정하길 거부하는 점은 내적 특성이 하나라도 있다면 결함으로 인정된다.

더 많은 예시를 살펴보자. 여러분에게 익숙한 작품을 예로 들겠다. 작품마다 비교해서 볼 항목은 '결함'과 '영웅으로 변하는 과정', '결함이 작품 전체에 미치는 영향'이다.

이를 토대로 작품 초반에서 주인공이 드러내는 결함이 무엇인지, 결말에서 주인공이 영웅의 지위를 어떻게 얻는지(마침내 결함을 이겨내고 더 나은 사람으로 변모하는 과정), 결함이 어떻게 이야기 전체에 영향을 미치는지를 유의해서 보라.

여러분은 이 책의 작가들이 이야기의 다양한 구성 요소를 어떻게 사용하는지, 주인공을 영웅으로 몰아가기 위해(주인공이 더 나은 사람으로 성장하도록) 어떻게 그의 결함을 드러내고 확장하고 빚어내는지 알 수 있을 것이다.

『샬롯의 거미줄』, E. B 화이트

✦ **주인공**_돼지 월버

✦ **결함**_죽음과 상실에 대한 두려움으로 인생을 즐기지 못한다.

✦ **영웅으로 변하는 과정**_이야기의 결말에서 월버는 죽음이 불가피하다는 걸 깨닫는다. 또한 그럼에도 돌고 도는 삶은 슬픔에 잠긴 우리에게 새로운 기쁨과 희망을 준다는 것을 배운다. 결국 월버는 자신의 두려움을 받아들이고, 결국 이야기 초반보다 훨씬 성숙하고 안정된 '한 인물'로 비춰진다.

✦ **결함이 작품 전체에 미치는 영향**_월버는 죽음을 너무나도 무서워했기에, 그 결함을 극복할 때까지 죽음이라는 망령에 몇

번이고 맞닥뜨려야 한다.

이야기 초반, 한배에서 난 새끼들 중 가장 약한 윌버는 가까스로 죽음을 모면한다. 그 후 윌버는 농장 친구들과 함께 홍보 활동을 벌인다. 만약 유명 인사가 되면 자신을 베이컨으로 만들어 팔려던 주커만이 생각을 바꿀 거라는 확신에서였다. 그러나 이야기 절정에 다다르면, 윌버는 아무리 유명한 존재라도 죽음만은 피할 수 없다는 것을 깨닫는다. 윌버는 친한 친구인 거미 샬롯의 죽음으로 상실감을 겪은 후에야 결함을 극복하고 영웅의 지위를 얻는다. 만일 윌버가 가진 결함이 죽음에 대한 공포가 아니었다면, '죽음과 슬픔에 직면한다'는 주제를 플롯으로 엮는 것은 무의미했을 것이다.

『롤리타』, 블라디미르 나보코프

✦ **주인공 _** 험버트 험버트

✦ **결함 _** 험버트는 온전히 자기중심적이고, 다른 이들의 상황보다 언제나 자신의 욕망만을 앞세운다.

✦ **영웅으로 변하는 과정 _** 한때 그는 롤리타를 지배하며 기쁨을 얻었지만 롤리타와 건강, 자유마저 잃은 후, 자신이 그동안 얼마나 비열한 인간이었는지를 깨닫는다. 『롤리타』는 주인공이 목표 달성에 실패한 것을 보여주면서도, 결국은 자기 결함

을 극복하고 변해 가는 모습을 독자에게 드러내는 좋은 작품이다.

✦ **결함이 작품 전체에 미치는 영향 _** 험버트는 너무 이기적인 인간이라 독자는 험버트가 서술하는 내용을 믿지 못할 정도다. 전반적으로 그렇다. 험버트는 롤리타가 희생자가 아닌 공모자라고, 심지어 기꺼이 학대를 받아들인 것이라 몰아간다. 그러나 이따금 험버트의 번드르한 말주변 사이사이로 잠깐 등장하는 대화와 순식간에 지나가는 장면은 독자에게 실제 롤리타가 어떻게 느꼈는지를 보여준다. 이야기 절정에서 험버트는 롤리타를 다시 만난다. 결혼하여 임신한 상태로 가정을 꾸리고, 담배를 피우며, 성인으로서 자신의 삶과 자아를 잘 다스리는 롤리타를. 바로 그때 험버트는 자신의 번드르한 허울이 무너져 내리는 걸 느끼고, 진짜 자기 모습인 괴물과 마주한다.

그가 롤리타에게 입힌 상처는 되돌릴 수 없는 것이었다. 하지만 마침내 이기적인 행동을 포기하고 자신이 초래한 고통을 진심으로 애석해하는 모습을 보이면서, 만족할 만한 결말을 남긴다. 저자인 나보코프는 '믿을 수 없는 화자'를 이용해 험버트의 결함을 그려낸 후, 조심스레 쌓아올린 허울을 산산조각냈다. 그리하여 주인공이 자신의 끔찍한 결함을 마주하게 함으로써 극적인 장면을 연출했다.

『해리포터와 마법사의 돌』, J. K. 롤링

✦ **주인공** _ 마법사 소년, 해리 포터

✦ **결함** _ 해리는 소심한 성격에 자신감이 없다. 그리고 강력한 영웅이 된다는 운명을 아직 받아들이지 못했다.

✦ **영웅으로 변하는 과정** _ 이 책의 결말에서 해리는 영웅이라는 존재로 한 걸음 다가가지만 완벽하게 도달하지는 못한다. 그렇지만 초반에 자신을 갉아먹던 소심한 성격과 자신에 대한 의심을 거두는 데는 성공한다. 독자는 해리가 모험을 계속하여 경험을 쌓는다면, 마침내 자신에게 주어진 운명대로 영웅이 될 거라는 확신을 갖는다.

✦ **결함이 작품 전체에 미치는 영향** _ 해리의 이야기는 고전 신화와 똑 닮았다. 「해리 포터」 시리즈가 대중에게 그토록 폭넓은 사랑을 많이 받은 것은 그 때문이다. 해리의 결함은 시간이 흘러도 계속 사랑받는 수많은 신화 속 영웅들의 결함과 같다. 해리는 소년에서 남성으로 성장해야 한다. 즉, 유순하고 자신 없는 모습을 벗어던지고, 제대로 된 결정을 내리며 사랑하는 사람들을 지킬 수 있는 강한 리더로 성장해야 한다.

　이 결함은 책 전체와 시리즈 전체에 걸쳐 여러 번 나타난다.(이 책의 후반부에서 「해리 포터」 시리즈를 관통하는 캐릭터 아크를 다룰 예정이다.) 이야기의 시작 부분을 보면, 해리는 이모와 이모부에게 학대받으며 산다. 자신의 존재를 부인받으며 계단 밑 벽장에서 잠을 잘 정도다. 그러니 친척들의 반대를 무릅쓰고 호그와트로 가리라 결심했을 때, 그는 자신의 결함을 극복하기 위해 첫 걸음을 내디딘 셈이다. 결함을 극복하는 과정은 그다지 쉽지 않다. 여전히 그를 따라다니는 소심한 성격은 계속해서 여러 방식으로 드러나기 때문이다. 예를 들어 해리가 기숙사에 배정받고자 마법 모자를 쓰는 순간과 스네이프 교수나 드레이코 말포이와 대적하는 순간, 해리가 소심한 성격 때문에 두려워하는 모습이 잘 드러난다.

해리는 론과 함께 선생님의 명령을 어기고 트롤에게서 헤르미온느를 구하기 위해 모험에 뛰어든다. 그 순간 해리는 자신의 목표에 한 발 더 가까이 다가가지만 여전히 끝에 다다른 것은 아니다. 이 책의 절정에서 해리는 볼드모트와 맞서는데, 독자는 마침내 해리의 손이 목표에 닿을 듯하다가 결국 빠져나가는 것을 목격한다. 해리는 적대자인 볼드모트를 이길 수 없었다. 덤블도어가 해리를 구하는 걸 보며 우리는 이해하게 된다. 비록 해리가 지도력과 용기를 얻기는 했지만, 아직은 완전한 영웅이 될 때가 아니라는 것을. 이것은 기나긴 시리즈를 위한 완벽한 설정이다. 해리는 이어지는 책 내내 자기 결함을 이겨내기 위해 계속해서 노력할 테니까.

그러나 만약 해리의 결함이 소심함이나 자신감 결여가 아니었다면, 용기의 한계를 시험하고 지도자의 역할을 요구하기 위해 그렇게 많은 시련을 겪게 하는 건 무의미했을 것이다.

예를 들어, 해리가 『롤리타』의 험버트 험버트와 마찬가지로 이기심과 허영심이라는 결함을 가졌다고 생각해보자. 그렇다면 계속해서 용기와 지도력을 시험하는 것은 엉뚱해보였을 테다. 『샬롯의 거미줄』에 나오는 윌버처럼 죽음을 두려워했다고 설정하면 지도력을 위한 시험은 의미가 없다. 그렇게 하면 플롯은 주인공과 따로 놀고, 이야기에서 등장하는 사건들은 일관성 없이 혼란만 가중하여 독자는 이상하다고 생각할 것이다.

지금까지 제시한 예를 보고 주인공의 결함이라는 것이 얼마나 중요한지 깨달았기를 바란다. 이것은 캐릭터 아크뿐 아니라 플롯의 세부 사항을 만드는 데도 중요하다. 등장인물의 결함은 여러분이 쓰는 작품 전반에 영향을 미친다. 결함은 전체 줄거리를 이끌고 가는 엔진과도 같아서 독자의 관심을 이끌어 이야기 절정까지 데리고 간다. 그러니 정성을 다해 결함을 고르고 적극 활용하라.

1 앞 내용을 상기해 다음을 정리해보자. 다음 내용은 앞으로 계속 염두해두어야 한다.

⇨ 이야기 뼈대의 5가지 핵심 요소에는 무엇이 있는가?

⇨ 이야기 뼈대의 세 축에는 무엇이 있는가?

⇨ 왜 이야기 뼈대를 잡을 때 플롯을 가장 마지막 단계에 두는가?

2 소설과 동화, 영화 등 장르에 상관없이 여러분이 좋아하는 주인공을 3명 이상 골라 다음을 분석하라.

⇨ 주인공이 가진 결함은 무엇인가?

⇨ 주인공이 결함을 어떻게 이겨내고 영웅으로 변하는가?

⇨ 결함이 이야기 전체에 미치는 영향은 어떠한가?

이야기 뼈대의 중심,
캐릭터 아크와 주제

주인공, 결함, 결말, 외적 목표를
먼저 설정하라

주인공의 결함을 정하면 나머지 이야기 뼈대를 잡는 건 놀랍도록 쉬워진다. 이야기란 감정과 정신 면에서 주인공의 성격이 A 지점에서 B 지점까지 변화해가는 여정이라는 것을 상기하라. 즉 결함을 극복하기 위한 모험이라는 뜻이다. 그러니 향후 작품에 사용할 수 있는 결함이 떠오르면 종이를 꺼내거나 컴퓨터에서 메모장을 열어 아이디어를 저장해두라.

그러면 이제 진짜로 이야기 뼈대를 만들어보자. 나는 『타이드워터Tidewater』의 주요 인물 세 명 중 한 사람을 골라 '이야기 뼈대 만드는 법'을 보여줄 예정이다. 이야기 뼈대 작성표를 이용해 이야기 뼈대를 한 항목씩 채워나가는 과정과,

이야기 뼈대가 나머지 세부 사항에 어떻게 영향을 끼치며 발전해 나가는지 보여줄 것이다. 예시를 들기 위해 『타이드워터』를 고른 게 이 책이 내 작품 중에 최고라는 의미는 아니다.(물론 좋기는 하다!) 이 책을 고른 이유는 단지 이야기 뼈대부터 원고까지 모두 내가 썼기 때문이다.

내가 이야기 뼈대를 잡았기 때문에 당연히 그 과정을 잘 안다. 왜 이런 인물을 설정했는지, 인물이 서로 어떻게 연결되는지, 이야기 뼈대를 잡으면서 이야기가 어떻게 탄탄해졌고 글쓰기 과정이 쉬워졌는지를 내가 확실히 설명할 수 있는 것이다.

『롤리타』와『해리포터와 마법사의 돌』을 쓴 건 내가 아니고(너무 애석한 일이 아닐 수 없다.), 다른 작가의 책들도 내가 쓴 게 아니기에, 이야기 뼈대 만드는 법을 보여주기 위해 다른 작가의 책을 선택할 수는 없었다. 그렇게 한다면 그건 건방진 일인 데다 솔직히 꽤 어리석은 일이 될 테니까 말이다.

그러니 내 책을 예로 드는 것은 이야기 뼈대 만드는 법을 자세히 구석구석 보여주기 위해서란 걸 알아주길 바란다. 이것은 결코 "제가 쓴 책 중에서 이게 제일 대박이에요, 여러분!"이라고 명시하기 위해서가 아니다.

참고로 내가 이야기 뼈대 작성표를 예시로 보여줄 때마다 포스트잇을 붙여 놓으면, 나중에 여러분이 이야기의 뼈대를 만들 때 다시 펼쳐 참고할 수 있으니 이 방법을 활용하라.

이렇게 설명을 해두고…… 본론으로 들어가자! 종이나 공책 그리고 펜을 준비해 나와 함께 이야기 뼈대를 만들어보자.

일단 숫자 1을 쓰고 그 옆에 주인공의 이름과 독자가 알아야 할 중요한 특징을 나열하라. 설정에 영향을 주는 것이라면 무엇이든 써라. 예를 들면 이런 것이다.

1. **주인공** _ 윌버, 돼지.

1. **주인공** _ 포카혼타스, 파우하탄족의 원주민 소녀. 시대 배경은 1607년.

그 아래에 2번부터 5번까지 쭉 숫자를 써라. 이야기 뼈대의 핵심 요소를 지금 여기에 쓰는 건가 하고 생각한 사람이 있다면, 정확하다.

그 아래 한 줄을 띄우고, 결함이라는 항목을 적는다. 그리고 당신이 결정한 내용으로 그곳을 채워라. 만약 대충 여러 가지를 생각해 놓고 정확하게 정하지 않은 상태라면, 지금까지 떠올린 내용을 모두 다 적어라. 나중에 캐릭터 아크를 정하고 초점을 좁혀가면서 줄을 그어 지우거나 삭제하면 된다.

『타이드워터』의 이야기 뼈대를 만들 때 처음 정한 내용은 다음과 같다.

이야기 뼈대 작성표 예시

1. 주인공	포카혼타스, 파우하탄 종족의 원주민 소녀. 시대 배경은 1607년.
2. (빈칸)	
3. (빈칸)	
4. (빈칸)	
5. (빈칸)	
✦ 결함	너무 큰 야망에 사로잡혀 있다. 영예를 얻기 위해서 다른 사람을 짓밟는다.

　자, 이제 주인공이 누구인지, 주인공의 결함은 무엇인지 정했으니, 결말에서 이야기를 어떻게 마무리해야 하는지가 보일 것이다. 결말에서 주인공의 변화를 어떻게 그려내면 좋을지 아직 의문인가? 그건 간단하다! 감정과 정신 면에서 주인공의 결함과 정반대되는 면을 찾아내면 된다.

　『샬롯의 거미줄』에 등장하는 주인공 돼지 윌버를 예로 들어보자. 이야기 초반에 죽음을 두려워하는 윌버는, 결말에 이르러 죽음을 자연스러운 일로 받아들인다.『타이드워터』

의 포카혼타스는 지위가 세상의 전부는 아니며, 자기 욕망이 자기와 주변 사람들에게 해가 될 수 있다는 사실을 배운다. 결국 주변 사람들을 이용하는 대신 도와주는 것이야말로 더 나은 삶의 태도라는 것을 깨닫는다.

주인공의 결함을 정하면, 주인공이 마음속으로 어떤 여정을 떠나고 어떤 교훈을 얻는지도 이미 정한 거나 다름없다. 남은 것은 주인공이 그 교훈을 혹독하게 얻을 것인지(그래서 더 나은 존재가 되었지만 외적 목표를 달성하지 못한 채 끝날지), 아니면 다소 수월하게 얻을 것인지(외적 목표를 달성하는 것뿐 아니라 더 나은 존재가 되어 끝날지)를 결정하는 일이다. 어쩌면 다소 모호한 결말을 낼 수도 있다. 이런 경우 어떻게 보느냐에 따라 결말이 혹독하다고 느낄 수도, 혹은 수월하다고 느낄 수도 있다.

『롤리타』의 험버트 험버트는 교훈을 혹독하게 얻은 쪽이다. 험버트는 홀로 외로이 감옥에 갇혀, 원하던 사랑을 박탈당한 채 자신이 저지른 수많은 범죄를 속죄하며 산다. 설상가상으로, 자기 자신이 어떤 사람인지 진실을 감당하며 살아가야 한다. 자신이 롤리타와 다른 사람들을 학대한 괴물이었다는 진실을 마주할 수밖에 없는 것이다. 롤리타를 평생 소유하겠다는 외적인 목표를 달성하지 못했지만, 자기 행동을 뉘우치며 결함을 극복한 유형이다. 그래서 『롤리타』는 주인공이 외적 목표를 달성하지 못했음에도 만족스러운 결말을 제시한다.

그에 비하면『샬롯의 거미줄』에 등장하는 윌버는 다소 수월하게 교훈을 얻는다. 윌버는 자기 목숨을 지키겠다는 외적 목표를 달성했다. 그 과정에서 샬롯을 잃었지만 어쨌든 죽음이라는 망령에 맞선 것은 사실이다. 그리고 샬롯의 아이들(그리고 자손들)과 함께 사는 것은 확실히 슬픔을 달래주는 위안으로 작용한다. 윌버는 외롭지 않을 것이고, 언제든 사랑했던 친구를 떠올릴 수 있는 존재들이 있다. 외적인 전투와 내적인 전투에서 모두 이긴 것이다.

내 작품인『타이드워터』에는 주인공이 세 명이고, 그들 모두에게는 캐릭터 아크가 있다. 나는 주인공이 얻는 교훈을 일부러 애매모호하게 설정했다. 나는 대개 그러는 편이다. 내 주인공의 여정은 거의 대부분 긍정적이지도, 부정적이지도 않은 분위기로 끝난다. 내가 독자의 입장일 때 이런 결말에 더욱 끌리기 때문이다. 그래야 더욱 구미가 당기고 감동이 느껴진다. 나는 모호한 결말이 흑백논리인 결말보다 훨씬 만족스럽다. 그래서 나는 대부분 결말을 모호하게 남긴다.

『타이드워터』의 결말에서, 포카혼타스는 야망을 포기하는 법을 배우고 자신을 '희생양'으로 바친다. 그리고 자신들의 문화를 보존하고자 영국인과 일종의 동맹을 맺으며 부족민을 섬긴다. 포카혼타스가 자신보다 부족민을 더욱 소중하게 생각하는 순간 결함이 극복된다. 포카혼타스는 자신의 부족민들이 영원히 살 수 없다는 것을 안다. 그러니 무엇을 하든 간에, 자신이 힘들게 희생을 바친 그 대상은 언젠가 죽고 없어질 것이다. 그렇다고 해도 영국인과 함께하는 새로운 삶에 행복이 없다는 의미는 아니다. 포카혼타스는 자신의 남편과 아들을 사랑한다. 그러니 앞으로 전투에서 질 거라는 사실이 명확하더라도 여전히 감사할 일은 많다.

자, 이런 상황이라면 포카혼타스는 교훈을 혹독하게 얻은 것인가, 아니면 수월하게 얻은 것인가? 결론을 말하자면 양쪽 다에 해당한다.

이야기 뼈대의 핵심 요소 중 하나인 5번 항목은 결말에 해당한다. 여기에는 주인공이 추구했던 실체, 즉 플롯과 관련하여 외적 목표가 성공했는지 혹은 실패했는지 적어야 한다. 물론 여러분은 아직 외적 목표가 무언지 모를 수도 있다. 그렇다 해도, 괜찮다. 주인공의 결함을 아는 것으로 충분하다. 이것은 결말에 이르렀을 때 주인공이 어떻게 될지 아는 것과 다름없기 때문이다.

이야기 뼈대의 핵심 요소인 5번 항목에 주인공이 결함을 극복하는지(물론 주인공은 실패해도 된다는 것을 기억하라)를 적고 결말을 간략하게 서술하라. 또한 주인공이 혹독한 시련을 겪으며 교훈을 얻는지 아니면 수월하게 얻는지, 그것도 아니라면 그 중간 어디쯤인지 정보를 제시하라.

그러면 이제 이야기 뼈대는 다음과 같을 것이다.

이야기 뼈대 작성표 예시

1. 주인공	포카혼타스, 파우하탄 종족의 원주민 소녀. 시대 배경은 1607년.
2. (빈칸)	
3. (빈칸)	
4. (빈칸)	
5. 결말	야망을 모두 내려놓는다. 부족민을 위해 희생한다. 시련은 해석하기에 따라 혹독할 수도 있고 수월할 수도 있다.
✦ 결함	너무 큰 야망에 사로잡혀 있다. 영예를 얻기 위해서 다른 사람을 짓밟는다.

이제 이야기 뼈대의 핵심 요소 중 하나인 2번 항목에 주인공의 외적 목표를 적을 것이다. 외적 목표는 플롯과 연결되어 있다. 이는 캐릭터 아크를 따라 주인공을 밀어붙이는 외부 동기를 의미한다. 아마도 주인공은 이것이 자신의 내적 결함과는 상관없다고 생각하며 추구할 가능성이 높다. 하지만 독자들은 당연히 주인공의 욕망으로 보이는 외적 목표가 주인공의 내적 결함과 연결되어 있다는 걸 알 것이다.

이야기가 흘러가는 동안, 주인공은 언젠가 결국 내적 결함을 인식하는 순간을 맞닥뜨려야 한다. 내적 결함은 주인공의 욕망과 직결된다. 욕망은 주인공이 자기 약점을 마주하게 한다. 또한 약점을 극복하며 영웅적 지위로 부상하기 위해 여정을 떠날지 말지를 결정하게 한다.

남자 강도인 주인공에게 여성을 믿지 못한다는 결함이 있다고 치자. 이런 상황이라면 그는 여성이라는 존재를, 신뢰할 수 없는 정체불명의 집단이 아닌 한 사람의 개인으로 인식하는 법을 배워야 한다. 결함을 극복한다는 건 이런 것이다. 주인공은 결함을 극복하기 위해, 외적 목표를 추구하는 과정에서 기회를 잡아야 한다. 자신의 결함과 맞서고, 좀 더 영웅다운 관점을 장착하여 결함을 버릴 기회 말이다. 여성을 믿지 못하는 주인공에게 영웅다운 관점이란 여성을 포함해 모든 사람을 개인으로서 존중하고, 성별에 상관없이 상대를 믿는 것이다.

그렇다면 어떻게 해야 주인공에게 이러한 기회를 제공할 수 있을까? 어쩌면 주인공은, 값을 매길 수 없을 정도로 소중한 다이아몬드를 훔치고 싶어 할 수 있다. 다이아몬드가 어디 있는지는 이미 안다. 또한 다루기 까다로운 금고를 열어 다이아몬드를 훔쳐낼 수 있는 유일한 도둑이 누구인지도 안다. 그런데 그 사람이 여자라니! 만약 주인공이 진심으로 다이아몬드를 원한다면, 그는 여성에 대한 불신을 이겨내고 동료로서 함께 제대로 일하는 법을 배워야 한다.

보석 도둑질 같은 흥미진진한 목표를 좇는 동안 극적인 상황이 많이 벌어질 거란 사실은 누구나 상상할 수 있다. 하지만 좀 더 미묘한 목표라면, 주인공한테만 중요한 개인적 목표라 독자 입장에서는 그리 멋지지 않다면 어떨까?(즉 거대하고 값비싼 다이아몬드를 가지고 싶어 하지 않는다면?) 주인공의 외적 목표를 개인적인 것으로 설정하는 경우, 내가 기준으로 삼는 것은 판돈의 크기이다.

예를 들어 만약 포타혼카스가 자기 야망을 모두 포기해야 한다면, 야망이 거대할수록 더 큰 드라마가 만들어지지 않겠는가? 판돈이 작으면 돌아오는 것도 크지 않으니 말이다. 야망을 품은 사람이 자신을 희생하는 사람으로 변화하는 과정은, 한눈에 봐도 어렵고 중대하게 표현되어야 한다. 그렇지 않으면 내용에 알맹이가 없는 것과 다름없다. 만약 포카혼타스가 춤 경연에서 이기고 싶어 했거나 제일 맛 좋은 사슴고기 스튜를 만들고 싶어 했다면, 그리고 책의 결말에서 그러한 욕심을 포기했다면, 독자가 보기에는 도대체 뭘 포기했지? 하는 생각이 들 것이다. 그러니 주인공의 야망은 그런 것보다 확실히 더 원대해야 한다!

판돈이 크게 걸린 외적 목표는 반드시 필요하다. 또한 그것은 주인공의 결함과 직접 관련이 있어야 한다. 포카혼타스가 가질 수 있는 가장 거대한 야망은 무엇일까? 결말에서 자기 야망을 포기해야 한다면, 어떤 야망이어야 포기할 때 마음이 아주 쓰릴까?

이제 이야기 뼈대의 핵심 요소 중 하나인 2번 항목에 주인공의 외적 목표를 채워 넣자.

이야기 뼈대 작성표 예시

1. 주인공	포카혼타스, 파우하탄 종족의 원주민 소녀. 시대 배경은 1607년.
2. 외적 목표	**여성 족장이 되어 자신의 부족을 다스리는 것.**
3. (빈칸)	
4. (빈칸)	
5. 결말	야망을 모두 내려놓는다. 부족민을 위해 희생한다. 시련은 해석하기에 따라 혹독할 수도 있고 수월할 수도 있다.
✦ 결함	너무 큰 야망에 사로잡혀 있다. 영예를 얻기 위해서 다른 사람을 짓밟는다.

지금까지 주인공의 결함만 가지고도 이야기와 플롯에 영향을 끼치는 몇 가지 항목을 채웠다. 이제는 캐릭터 아크를

발전시키기 위해 다른 항목을 채워야 할 때가 왔다. 앞으로 다룰 내용에서는 주인공이 어떤 사람인지, 주인공의 결함이 얼마나 심각한지, 정확히 어떻게 주인공이 외적 목표를 추구하게 만들지 더 깊이 이해하고 설정할 수 있게 도와줄 것이다.

적대자를 설정해
주인공이 잘 보이게 하라

많은 사람들은 '적대자'라는 단어를 보자마자 머릿속으로 악당의 전형을 떠올린다. 그런 '나쁜 놈'의 목표는 여러 가지 악랄한 수법을 써서 주인공의 목표 달성을 막는 것이다. 우리는 주인공과 적대자의 의미를 이렇게 이분법으로 나누어 생각하는 데 너무나 익숙하다. 그래서 좋거나 나쁜 이분법이 존재하지 않는 책에서는 적대자가 누구인지 구별하는 것조차 힘들어한다.

『롤리타』는 적대자를 대놓고 드러내지 않고 훌륭하게 표현한 작품으로, 주인공의 적대자라고 해서 단순히 '나쁜 놈'이라 여길 수 없는 이유를 보여준다. 누가 당신에게 험버트 험버트의 적대자가 누구냐고 묻는다면, 아마도 소름끼치는 인간인 클레어 퀼티라고 대답할지도 모르겠다. 험버트와 롤리타를 좇아 전국을 따라다니며 험버트의 손아귀에서 롤리타를 채어갈 기회만 노리는 또 다른 아동학대자이기 때문이다. 그러나 놀랍게도 엄밀히 말하자면, 퀼티는 험버트의 조력자로서 둘은 한편이나 마찬가지다. 이야기를 구성하고 뼈대를 만드는 면에서 그렇다는 말이다. 조력자에 관한 얘기는 다음에 더 다룰 것이다.

사실 험버트의 가장 주요한 적대자는 롤리타 자신이다. 구성이 복잡한 이야기가 대부분 그러하듯, 험버트는 여러 지점에서 사사로운 적대자들을 많이 만난다. 하지만 이야기의 전체 캐릭터 아크에서 봤을 때 롤리타야말로 험버트의 으뜸가는 적대자이다.

그렇다면 주인공의 주요 적대자를 어떻게 알 수 있는가? 주인공의 외적 목표를 보면 적대자를 알 수 있다. 적대자란 주인공과 똑같은 외적 목표를 향해 무섭게 질주하는 사람을 말한다. 적대자는 주인공과 똑같은 외적 목표를 향해 무섭게 질주하며, 결국 주인공에게 거대한 장애물을 안긴다. 적대자가 될 수 있는 여러 인물 중 진짜 적대자만이 주인공에게 어렵고 힘든 여정을 선사하는 것이다.

험버트의 외적 목표는 롤리타를 소유하고 그녀의 몸과 마음을 지배하는 것이다. 그렇다면 똑같은 열정으로 롤리타의 몸과 마음을 지배하려는 사람, 심지어 퀼티보다 더 그녀를 통제하려는 사람은 누구인가? 그건 바로 롤리타 자신이다! 그러므로 롤리타야말로 험버트의 주요 적대자가 되는 것이다.

적대자란 플롯의 사건을 위해서만 존재하는 것이 아니라, 캐릭터 아크를 위해서도 존재한다. 적대자를 제대로 만들지 않았다면 주인공도 베일에 가려진다. 적대자란 주인공의 진짜 내면을 보여주는, 더 중요하게는 결말에 주인공이 어떤 사람이 되는지를 보여주는 주요한 배역이다. 적대자 캐릭터를 발전시키는 데 시간을 충분히 투자하라. 왜냐하면 주인공은 강인한 의지를 갖고 논리에 맞게 행동하는 적대자 없이는 '진짜'가 될 수 없기 때문이다.

차가움 없이는 뜨거움을, 축축함 없이는 건조함을 이해할 수 없다. 확실히 타당한 적대자가 나타나 맥락 속에서 말이 되는 동기와 행동을 보여주고 난 후에야, 무엇이 주인공에게 동기를 부여하는지 파악할 수 있다는 말이다. 다시 말해 주인공이 진정으로 추구하는 게 무엇인지, 그의 결함이 얼마나 깊은지, 여정이 끝날 때까지 그를 위태롭게 하는 게 무엇인지 적대자를 이용해 보여주라.

망토를 날리고 수염을 빙글빙글 꼬는 뻔한 악당과는 달리, 당신의 적대자는 고유한 성격과 감정을 지니며, 자신의 삶을 살아가는 한 개인이다. 비록 여러분이 쓰는 글에서 적대자의 캐릭터 아크를 묘사하지 않는다고 해도, 적대자도 한 개인으로서 자기 현실 속에서 동기를 얻고 주인공과 다른 전략을 사용한다. 즉, 적대자도 주인공과 똑같이 외적 목표를 이루기를 몹시도 바라는 사람일 뿐이다.

주인공의 행동에 비추어 전략과 동기가 차별화된 적대자는 주인공과 정반대로 행동한다. 적대자가 벌이는 행동은 여러 측면에서 여러분이 쓰려는 이야기에 다양한 관점을 제공한다. 그래서 주인공이 자기 결함을 극복하지 못하고 적대자에게 질 위험에 처하면, 독자는 자기도 모르는 사이 큰일 났다고 느낀다.

적대자는 자신이 얼마나 나쁜 사람이고 절박한 상태에 있는지 보여주는 전략을 사용한다. 그러면서 동시에 주인공이 조심하지 않는다면, 그에게도 똑같은 운명이 닥칠 것이라고 암시한다. 적대자는 작품에서 말하려는 주제를 '어두운 면'으로 보여주고, 만약 작품의 주제가 이미 너무 어둡다면 '밝은 면'으로 보여준다. 적대자는 이야기의 절정에서 복선을 제시하며, 외적 목표를 달성할 승자를 가를 마지막 전투가 올 거란 사실을 암시하기도 한다.

그러니 적대자는 「스타워즈」의 다스 베이더처럼 주인공에게 이런 경고를 보내는 것이다.

'내적 결함을 고쳐라. 그렇지 않으면 결국 나처럼 될지니.'

적대자는 앞에서 설명한 모습 중 뭐든 될 수 있다. 한꺼번에 모든 모습을 보여줄 수도 있고, 아니면 주제의 정반대 방향을 향해 모습을 바꿀 수도 있다. 적대자는 항상 주인공과 똑같은 외적 목표로 달려가며, 상징적인 존재로서 독자에게 다음과 같은 의미를 드러낸다. 만약 주인공이 외적 목표를 달성하는 데 성공한다면 상황은 달라질 것이고, 만약 실패한다면 상황은 그대로 유지될 것이라는 진실 말이다.

때때로 양측 인물이 동일한 목표를 좇으며 달려가는 모습이 한눈에 명확히 들어오지 않을 수도 있다. 어떨 때는, 표면상으로 마치 그 둘이 완전히 반대 방향으로 달리는 것처럼 보이기도 한다. 사실 이것은 어떻게 보느냐에 따라 달라진다.

나는 이와 관련해 독자에게 메일을 받은 적이 있다. 그가 쓰려는 이야기에서 창조한 주인공은 적대자가 자신에게 씌운 저주를 풀기 위해 노력하고, 이와 반대로 적대자는 당연히 그 저주가 유지되게 노력했다. "그런데 어떻게 이 두 인물이 똑같은 목표를 향해 달려간다고 말할 수 있겠어요?"라는 게 그의 질문이었다.

그 둘의 목표는 저주받거나 저주가 풀리는 측면으로만 보면 완전히 반대로 보인다. 그렇지 않은가? 하지만 조금 다른 시각으로 이야기를 엿보면, 갑자기 그들의 목표가 같다는 게 한눈에 보인다. 그들은 주인공의 운명(그가 저주를 받든 말든)을 결정 짓기 위해 경쟁한다. 즉, 외적 목표는 주인공이 처한 현실을 통제하는 것이다.

때때로 관점을 조금만 바꾸어보면 이야기의 전체 흐름이

명확해진다!

문학 작품을 예로 들어 '적대자를 바라보는 또 다른 관점'이라는 주제를 들여다보자.『롤리타』에서 험버트의 외적 목표는 롤리타를 소유하는 것이다. 롤리타의 외적 목표는 홀로서기와 자율성 유지이다. 겉으로 보기에 둘의 목표는 달라 보이지만, 조금만 시각을 바꿔보면 결이 같다는 걸 깨달을 것이다. 두 사람 모두 롤리타의 운명을 좌지우지하고 싶다는 목표를 공유한다.

둘 사이를 가르는 갈등은 너무나 확고하고, 판돈은 크다. 만약 험버트가 자신의 외적 목표를 달성한다면, 롤리타는 영원히 피해자가 되고 만다. 만약 롤리타가 자신의 목표를 달성하면 본인은 자유의 몸이 되겠지만, 그와 동시에 험버트라는 존재는 산산조각이 날 것이다. 그리하여 험버트는 권력, 이기심, 허영심이 가득한 안락한 세계에서 쫓겨나, 자기가 지녔던 내적 결함의 진실이 무엇이었는지 직시할 것이다.

험버트는 피해 아동인 롤리타가 자신을 유혹하는 '나쁜 사람'인 것처럼 묘사하려 했지만, 사실은 그렇지 않다는 게 확실하다. 이 예시는 주인공과 적대자를 각각 단순히 좋은 사람과 나쁜 사람으로 나누는 게 함정이란 사실을 보여준다.(그렇지만 적대자를 육신 입은 악의 화신으로 그려내는 건 다른 문제다. 영화『반지의 제왕』에 나오는 사우론 같은 인물을 만들어내도 괜찮다는 말이다.)

이제 이야기 뼈대의 나머지 부분을 만들 차례다. 주인공의 결함을 비롯해 외적 목표와 적대자가 무엇인지 알았으니, 이제 완벽히 논리에 맞게 행동할 적대자를 정하자. 적대자를 정할 때는 '정반대되는' 자질을 충분히 숙고하라. 동일한 외적 목표를 원하면서도, 주인공과 독자에게 정반대 자질이나 경고 신호를 드러낼 수 있는 사람은 누구일까? 목표를 좇는 두 사람 중 과연 누구의 접근법이 주인공과 독자 모두에게 '대체 현실을 보여주는' 역할을 할 것인가? 이런 질문을 거쳐 나온 인물은 극적이고 강한 인상을 남기는 최고의 적대자가 될 것이다.

이렇게 적대자가 어떤 인물인지 개념을 확실히 세웠다면, 이야기 뼈대의 핵심 요소인 3번 항목을 채우자. 그러면 이제 이야기 뼈대는 다음과 같을 것이다.

4단계

이야기 뼈대 작성표 예시	
1. 주인공	포카혼타스, 파우하탄 종족의 원주민 소녀. 시대 배경은 1607년.
2. 외적 목표	여성 족장이 되어 자신의 부족을 다스리는 것.
3. 적대자	**부족 족장들.(처음에는 아버지 파우하탄, 나중에는 삼촌 오페찬카노)**

4. (빈칸)	
5. 결말	야망을 모두 내려놓는다. 부족민을 위해 희생한다. 시련은 해석하기에 따라 혹독할 수도 있고 수월할 수도 있다.
✦ 결함	너무 큰 야망에 사로잡혀 있다. 영예를 얻기 위해서 다른 사람을 짓밟는다.

이야기 뼈대의 중심, 캐릭터 아크와 주제

조력자를 만들어
주인공을 밀어붙여라

이야기를 잘 짰다면 조력자는 독자의 마음을 사로잡는 역할을 할 것이다. 그러나 작가들은 종종 이 부분을 간과한다. 조력자라는 건 대개 눈에 띄지 않아서 독자들도 조력자의 존재를 당연하게 여긴다. 그러한 이유로 작가들이 이야기에 조력자를 넣는 걸 실패하고, 혹은 넣는다고 해도 제대로 활용하지 못하는 것 같다.

조력자라고 하면 사람들은 단순히 친구나 애인이라고 추측할지도 모르겠다. 주인공이 곤경에 처했을 때 안타까워하고 '그들의 편'이 되어 필요시 도움을 주는 사람이라고 말이다. 이 모든 사항은 조력자라는 인물의 전형에 잘 들어맞는다. 하지만 이야기에서 그들이 맡은 진짜 역할은 캐릭터 아크에 있어 매우 중요하고 명확한 부분을 담당한다.

조력자란 주인공이 옳은 길로 갈 수 있도록 밀어붙일 수 있는 사람을 뜻한다. 앞으로 우리가 이야기 뼈대를 만드는 동안, 주인공이 내적 결함을 고치다 말고 곁길로 새는 걸 보게 될 것이다. 이는 외적 목표를 추구하기 때문에 그러는 것처럼 보이겠지만, 사실 자신의 나약함을 대면하기 두려워 내적 결함에서 도망가는 것뿐이다.

당신이 만든 주인공은 변화에 저항할 것이다. 외적 목표로 손을 뻗으면서도 자기 결함을 마주하기를 뒤로 미루는 것이다. 하지만 작가가 주인공에게 준 외적 목표는 본질적으로 결함과 관련이 있기 때문에, 주인공이 자신의 나약함을 대면하지 않으면 결코 외적 목표를 성취할 수 없다.

주인공을 궁지에 몰아넣고 결함을 직면하게 하여 플롯을 절정으로 몰고 가는 사람이 바로 조력자이다. 조력자야말로 그러한 역할을 할 수 있는 유일한 캐릭터이다. 주인공에게 조력자라는 존재는 너무 중요하기 때문에 마침내 조력자가 입을 열었을 때 주인공은 조력자의 목소리에 귀 기울일 수밖에 없다. 주인공은 자신이 결함을 마주해야 한다는 것을 더는 부인할 수 없다. 조력자는 자기 이익을 위해서 주인공이 행동을 취하도록 몰아붙이는 사람이기 때문이다.

그러나 종종 진짜 조력자가 누구인지 구별이 힘들 때가 있다. 어떨 때는 주인공이 애정을 갖고 대하는, 누가 봐도 친한 친구 같은 유형일 수도 있다. 그러나 어떨 때는 적대자의 모습으로 가장한 조력자도 있다. 아니, 어쩌면 조력자야말로 이야기의 어떤 부분에서는 진정한 적대자일지도 모르겠다! 언제나 주인공을 진퇴양난으로 몰고 가는 것은 조력자이다. 바로 지금이 죽기 아니면 까무러칠 때라고, 그러니 이제 오직 자신의 내적 결함을 마주해야 한다고 말하는 사람이니 말이다.

앞서 언급했다시피, 『롤리타』의 클레어 퀼티는 험버트의 조력자이다. 이 상황이 조금 의아한 이유는 이야기 진행상 퀼티가 적대자의 역할도 하기 때문이다. 게다가 퀼티와 험버트는 서로를 좋게 생각한 적이 한 번도 없기에, 퀼티가 험버트의 조력자라는 건 그럴듯해 보이지 않는다. 설상가상으로 퀼티는 험버트에게 죽임을 당하는 그 순간에만 조력자 역할을 드러낸다. 이걸 보면 협력 관계라는 게 더욱 심상치 않아 보일 것이다.

그러나 마침내 냉혹하고도 피할 수 없는 방법으로 험버트가 자신의 내적 결함을 대면하게 만드는 사람은 오직 퀼티뿐이다. 또한 험버트는 퀼티를 거울 속 세계의 쌍둥이와 같은 존재로 보았기에, 퀼티만이 험버트의 눈을 뜨게 만드는 조력자가 되는 것이다.

이야기 전개상 조력자는 눈에 띄게 드러나지 않아서 너무 소극적으로 보이는 경향이 있다. 반면 여전히 조력자는 주인공의 생각과 행동에 영향을 미치는 힘을 지닌다.

어떤 주인공이 테러리스트를 잡는 세계 최고 사냥꾼이라고 가정해보자. 지금은 은퇴한 상태로, 테러리스트를 추격하던 것은 이미 옛날 일이 되었다. 한 테러 그룹이 주인공의 딸을 인질로 잡을 때까지는. 이때 주인공의 외적 목표는 말할 것도 없이 딸을 구해내는 것이다. 딸이 비록 수동적인 인물이라 해도, 조력자 역할을 한다. 오직 딸만이 주인공을 행동하게 하고, 나약한 결함에 맞서게 하며, 영웅의 여정을 떠나게 하기 때문이다.

조력자가 주인공에게 행사하는 영향력이 어떤 것인지 또 다른 예시로 살펴보자.

『샬롯의 거미줄』에서 거미 샬롯은 좀 더 전형적인 조력자 역할을 수행한다. 윌버에게 변치 않는 우정을 선사하며, 윌버도 샬롯에게 엄청난 애정을 느낀다. 샬롯은 윌버가 외적 목표를 달성하도록 도와주지만, 더욱 중요한 점은 윌버가 내적 결함을 마주하도록 이끈다는 사실이다. 샬롯이 윌버에게 한 말은 다음과 같다. 이해를 돕고자 요약해서 인용하자면 이렇다.

"나는 죽을 거야. 네가 그걸 바꿀 수는 없어. 죽음이라는 건 영원히 미룰 수 없는 것이거든. 넌 그걸 받아들이고 슬픔을 다루는 법을 배워야 할 거야."

오슨 스콧 카드가 쓴『엔더의 게임』을 보자. 주인공 엔더는 빡빡한 학교 생활 때문에 번아웃이 되어 의욕을 모두 잃고 만다. 결국 엔더는 침입하는 외계인에게 맞서 싸우는 법을 배우지 않기로 마음먹는다. 대신 조용히 외딴 삶을 즐기며 호숫가 집에서 홀로 살고, 은하계가 인류에게 가하는 위협 따위는 모두 잊기로 한다. 엔더를 찾아온 누나 발렌타인은 처음만 해도 동생을 동정했지만, 곧 엔더가 보이는 무관심에 분노가 커져간다. 그래서 학교로 돌아가 위대한 군사령관이 되지 않는다면, 언젠가는 누나 자신도 외계인에게 살해될 거라고 말한다. 누나는 이렇게 말한다.

"내가 지금 얘기하는 건 내 생명이야, 이 혼자만 아는 나쁜 놈아."

이 세상에서 오직 누나 발렌타인만이 엔더를 궁지로 몰아 옳은 길로 가게 할 수 있는 사람인 것이다.

당신이 쓰는 책에서는 누가 주인공에게 그러한 영향력을 행사하는가? 조력자라고 해서 꼭 친구나 가족일 필요는 없다. 물론 그래도 된다. 하지만 굳이 주인공과 잘 지내는 사람일 필요는 없다. 다만 주저하는 주인공의 등을 떠밀어 내적 결함에 직면할 수 있도록 밀어붙일 수 있는 사람이어야 한다.

이제 이야기 뼈대의 나머지 부분을 만들어보자. 주인공의 결함 아래에 조력자가 누구인지, 어떤 사람인지 간략히 적으라.

이야기 뼈대 작성표 예시

1. 주인공	포카혼타스, 파우하탄 종족의 원주민 소녀. 시대 배경은 1607년.
2. 외적 목표	여성 족장이 되어 자신의 부족을 다스리는 것.
3. 적대자	부족 족장들.(처음에는 아버지 파우하탄, 나중에는 삼촌 오페찬카노)
4. (빈칸)	
5. 결말	야망을 모두 내려놓는다. 부족민을 위해 희생한다. 시련은 해석하기에 따라 혹독할 수도 있고 수월할 수도 있다.
✦ 결함	너무 큰 야망에 사로잡혀 있다. 영예를 얻기 위해서 다른 사람을 짓밟는다.
✦ **조력자**	**마타차나. 포카혼타스가 사랑했던 이복 자매.**

주제를 잘 잡으면
완성도를 높일 수 있다

아직 캐릭터 아크를 만들기 전이라고 해도, 일단 적대자와 조력자가 누군지 정하면 나는 늘 잠시 이야기 뼈대 구상에서 벗어나 이리저리 생각의 가지를 뻗으며 작품의 주제를 심사숙고한다. 이야기 뼈대의 나머지 항목을 채우기 전에 작품의 주제를 이해해야 나머지 작업이 수월하기 때문이다.

몇몇 독자들은 이 부분을 읽으며 끙끙거릴 수도 있겠다. "뭐래."라고 말할 수도 있을 테다.

"이제 주제까지 생각해야 한다는 거야? 주제라는 건 대학에서 가르치는 '고급 문학'에나 들어가는 거잖아. 재미있자고 쓰는 이야기에 주제가 웬 말이야."

그러나 그렇지 않다! 나는 주제가 오직 문학에만 필요하다고 생각하지 않는다. 내가 굳게 믿는 것은, 정말로 눈을 뗄수 없는 그런 책이라면 분야나 장르에 상관없이 모두 주제가 있다는 점이다. 주제는 이야기를 하나로 묶는 힘이 있다. 그래서 독자는 주제가 확실한 책을 읽을 때 내용 구성이 좋고 일관성이 있다고 느낀다. 심지어 샛길로 빠지는 내용이 넘쳐 나고 등장인물이 떼로 나와도 그렇다. 그러니까 주제는 멋진 책을 그토록 멋지게 만드는 특성 중 하나인 것이다.

교수들이 책의 주제란 무엇인지 끝도 없이 장광설을 늘어 놓는다는 걸 안다. 그러나 책의 진짜 주제를 아는 사람은 오직 작가뿐이다. 그래서 여러분과 마찬가지로 나도 그런 토론이 그저 따분하게만 느껴진다. 내가 말하는 주제는, 작품에 뭔가 지적으로 '수준 높은 의미'를 담으라는 게 아니다. 나는 그 어떤 책에도 그렇게 심오하고, 학술 가치가 있고, 장광설을 유도하는 주제가 담겨야 한다고 생각하지 않는다.

내가 제시하는 주제란, 단순히 말해서 일관된 개념을 의미 한다. 여러분은 인간이 하는 행동이나 세계관에서 어떤 것을 탐구하고 싶은가? 주제는 심오한 학술 가치 없이 단순하고 가벼워도 된다. 예를 들어 『모자 쓴 고양이The Cat in the Hat』의 주제는 재미를 추구하다 보면 선을 넘기 쉽다는 것이다. 『샬롯의 거미줄』은 사랑은 죽음을 초월한다는 주제를 다룬다. 『해리 포터와 마법사의 돌』에는 우리가 각자 잠재된 내면을 깨워 성장해야 한다는 주제가 내포되어 있다. 여러 가지로 해석될 수 있는 의미나 실존주의 관점의 진리 같은 걸 주제에 넣을 필요는 없다. 그저 이야기의 요점을 단순하고 깔끔하게 개념화할 수 있는 한 문장이면 충분하다.

같은 방식으로 여러분이 쓰려는 이야기의 주제를 생각해 보자. 지금 주제를 한 줄로 정리하는 것은 아주 의미 있는 작업이다. 왜냐하면 몇 장을 넘겨 우리가 이야기 뼈대를 완성할 단계에 이르렀을 때, 여러분이 떠올린 아이디어의 가치를 가늠할 척도가 되기 때문이다.

이제 주제에 관한 요점을 설명하겠다. 먼저 유명한 판타지 소설 두 작품을 예로 들어 비교하겠다. 이 글을 읽으며 누군가는 야유와 경멸을 보낼지도 모르지만, 부디 횃불을 들고 쫓아오지 않기를 바란다.

내 생각에 조지 R. R. 마틴의「얼음과 불의 노래」시리즈는 최고의 문학 작품이다. 미국 드라마「왕좌의 게임」의 원작 소설이며, 현재 5권까지 출간되었고 이야기를 마무리하려면 두 권 정도는 더 나와야 할 것으로 보인다. 주요 등장인물만 해도 수십 명에 달하며, 곁가지로 진행되는 이야기도 사람 손의 모세혈관처럼 셀 수 없이 많다. 그런데도 각 권의 내용은 일관되고 서로 연결되며, 다섯 권 모두 한 권 한 권이 매우 두껍지만 여전히 독자의 관심을 사로잡는다. 왜 그럴까? 바로「얼음과 불의 노래」시리즈의 주제는 단 한 줄로 간단히 표현할 수 있기 때문이다.

"선량한 사람이라고 해도 권력을 추구하다 보면 끔찍한 일을 저지르게 된다."

주요 등장인물의 캐릭터 아크는 물론이고, 새로 등장한 인물들도 모두 동일한 주제로 탐험을 시작한다.

한편 「얼음과 불의 노래」에 비추어 볼 때 로버트 조던과 브랜든 샌더슨이 쓴 「시간의 수레바퀴Wheel of Time」 시리즈는 극명한 대조를 보인다. 내 생각이 그렇다는 얘기다. 「시간의 수레바퀴」가 일관된 주제를 갖고 시작한 것은 맞다. 그 간결한 주제는 이러하다.

"선은 악을 이겨야 한다."

그러나 책이 14권이라는 방대한 분량으로 늘어나면서, 다소 모호하고 보편적인 주제는 조던의 아이디어를 몰아넣기에 충분하지 않았다. 어떤 장면을 넣고 어떤 장면을 뺄지 결정하는 수단으로 봤을 때, "선은 악을 이겨야 한다."라는 주제는 별 도움이 안 되는 것이다. 그 결과 「시간의 수레바퀴」는 주제와 관계없고 엉뚱한 장면이 가득한, 내용이 다소 비대하고 질질 끄는 책이 되고 말았다.

「시간의 수레바퀴」는 주제를 좀 더 구체화해 썼다면 더욱 깔끔하고 부인할 수 없을 만큼 밀도 높고 지금보다 더욱 설득력 있는 내용으로 채워졌을 것이다.

「얼음과 불의 노래」와 「시간의 수레바퀴」의 예시가 주는 교훈은 이러하다. 주제는 여러분이 쓰려는 작품의 완성도를 높일 수도, 혹은 산산이 부서뜨릴 수도 있다는 점이다. 다시 말해, 주제를 잘 잡으면 미리 만든 이야기 뼈대가 작품에 미치는 효과가 분명히 커진다. 잘 잡은 주제는 이야기 뼈대 만들기부터 초고 완성까지 시간을 확실히 줄여주기 때문이다.

주제는 가장 유용한 이정표와 같다. 또한 편리한 줄자 같아서, 잘 잡은 주제로 여러분의 아이디어가 얼마나 유용한지 재빨리 판단할 수 있다. 책의 요지와 직접 관련 없는 장면이나 개념을 신속히 제거할 수 있다. 그러니까 이 말은 3만 단어를 주절주절 쓰고 편집 과정에서 자를 필요 없이, 이야기 뼈대 작성 단계인 바로 지금 관련 없는 장면과 불필요한 말을 미리 쳐낼 능력이 생긴다는 의미이다.

경험담을 얘기하자면, 내 첫 소설 『세크메트의 침대』는 초고 작업을 끝낼 당시 12만 단어였지만 막상 책은 9만 단어로 출간되었다. 나는 잘려나간 3만 단어를 쓰려고 시간을 많이 투자했다. (누군가는 시간을 낭비했다고 생각할지 모른다.)

만약 내가 그 당시 주제를 제대로 선택하고 구체화했다면 쓰이지도 않을 그 단어들에 시간을 흘려 보낼 필요는 없었을 것이다. 또한 끝도 보이지 않는, 장대하고 질질 끄는 내용으로 어설프게 꾸물거리며 작품을 쓰지 않았을 것이다.

원고 집필 초반부터 주제를 제대로 정하는 게 어렵다는 것은 나도 안다. 지금 당장 주제를 정한다면 이야기 뼈대를 만드는 과정은 훨씬 쉬워지겠지만, 만일 너무 어렵다면 당장은 잠시 내버려둬도 무방하다.

사실을 말하자면, 최종 원고가 나올 때까지 주제는 완전히 무시할 수도 있다! 이따금 나도 그렇게 한다. 그러나 책을 다 쓸 때쯤 되면 주제 하나가 확연히 모습을 드러낸 상태일 것이다. 초고를 다 썼지만 그때까지도 책의 요점이 베일에 가려져 있다면, 그 책은 이야기가 엉터리일 확률이 높다. 왜냐하면 잘 엮은 주제가 없다는 것은 그 작품이 엉터리라는 것을 알려주는 증거이기 때문이다. 분명 어딘가에서 뭔가 말이 안 된다는 얘기다.

주제가 잘 보이지 않는다면 이야기의 뼈대를 다시 살펴보며, 등장인물의 결함을 비롯해 5가지 핵심 요소와 플롯, 전개속도 등을 비평가의 눈으로 따져봐야 할 것이다. 그랬는데도 주제가 두드러지게 나타나지 않는다면, 아마 당신은 자기만 알고 허영심이 강한 해리 포터를 만들어놓고 내적 결함과 전혀 상관이 없는 지도력을 시험하겠다고 했을 확률이 높다.

그렇지만 열심히 들여다본다면, 장담컨대 인내심이 바닥날 때쯤 주제가 선명히 모습을 드러낼 것이다. 지금 당장 주제가 파악되면, 글쓰기 과정은 훨씬 쉬워진다. 주제라고 해서 절대 '대단한 아이디어'일 필요가 없다는 것을 기억하라. 주제란 그저 이야기를 하나로 묶으며 관통하는 개념일 뿐이다.

예를 들어 『타이드워터』의 주제는 '문화 충돌을 놓고 다르게 반응하는 세 인물 유형을 탐구하기'이다.(지금까지 나는 포카혼타스라는 인물을 예로 들어 이야기 뼈대 만드는 법을 설명했지만, 원래 『타이드워터』의 주인공은 세 명이고, 주인공마다 캐릭터 아크와 이야기 뼈대를 지닌다.)『타이드워터』의 세계를 들여다볼 창문틀이 어떤 모양인지 주제로 정하는 것이다.

가령 로맨스 소설의 주제는 "따로 있을 때보다 같이 있을 때 더 강하다."일 수 있다. 공상 과학 소설의 주제는 "용기와 비상함이 있으면 역경을 넘을 수 있다."가 될 수 있다. 누군가는 『시계태엽 오렌지』의 주제를 "범죄자라 해도 자유의지를 가질 자격이 있다."라고 표현할 것이다. 『위대한 개츠비』의 주제는 "아메리칸 드림이 그렇게 좋기만 한 것은 아니다."라고 할 수도 있다.

그러니 시간을 갖고 자기가 쓰려는 이야기를 충분히 생각하라. 배경은 어떻게 정할 것인가? 독자층의 나이대는 몇으로 생각하는가? 주인공에게 어떤 결함을 줄 것인가? 그런 결함에 관심을 뒀다는 것은 작가의 세계관에서 무엇을 말하고자 함인가? 그 특정한 결함을 탐구함으로써 무슨 얘기를 하고 싶은가? 주인공의 여정이 어떻게 당신의 신념과 관심사를 반영하는가? 이 질문 모두는 주제를 정하는 데 도움이 될 것이다.

그렇게 주제를 정한 다음에는, 이야기 뼈대의 '조력자' 항목 아래에 '주제' 항목을 추가하라. 아직 정하지 못했다면, 빈칸으로 남겨두고 다음 항목으로 넘어가면 된다. 그러나 늘 주제를 주시해야 함을 잊어서는 안 된다. 주제는 어느 순간

수면 위로 드러날 테니 말이다.

이제 이야기 뼈대는 다음과 같을 것이다.

이야기 뼈대 작성표 예시

1. 주인공	포카혼타스, 파우하탄 종족의 원주민 소녀. 시대 배경은 1607년.
2. 외적 목표	여성 족장이 되어 자신의 부족을 다스리는 것.
3. 적대자	부족 족장들.(처음에는 아버지 파우하탄, 나중에는 삼촌 오페찬카노)
4. (빈칸)	
5. 결말	야망을 모두 내려놓는다. 부족민을 위해 희생한다. 시련은 해석하기에 따라 혹독할 수도 있고 수월할 수도 있다.
✦ 결함	너무 큰 야망에 사로잡혀 있다. 영예를 얻기 위해서 다른 사람을 짓밟는다.
✦ 조력자	마타차나. 포카혼타스가 사랑했던 이복 자매.
✦ 주제	**문화 충돌을 놓고 다르게 반응하는 세 가지 유형의 인물 탐구.**

1 이야기의 뼈대를 제대로 이해하기 위해, 플롯을 제외하고 여러분이 쓰려는 장르에서 좋은 작품을 골라 역으로 이야기 뼈대를 만들어보라.(4번 항목은 비워두라.) 그 작품을 쓴 작가가 실제로 이야기 뼈대를 썼든 안 썼든 상관없다. 우리가 그 작품의 작가가 되어, 작품을 쓰기 전 이야기 뼈대를 썼다면 어떻게 썼을지 생각해보는 작업은 이야기의 뼈대를 이해하는 데 중요하다.

2 이제 여러분이 쓸 작품의 이야기 뼈대를 만들 차례다. 다음 질문에 대답하며 이야기 뼈대를 만들어보자.

⇨ 여러분이 설정한 주인공의 결함은 무엇인가?

⇨ 캐릭터 아크를 만들려면 결말은 어떠해야 하는가?

⇨ 주인공의 외적 목표는 무엇이고, 같은 외적 목표를 향해 달리는 적대자는 누구인가?

⇨ 주인공을 외적 목표로 밀어붙이는 조력자는 누구인가?

⇨ 이 모든 것을 설정해 여러분이 말하고 싶은 주제는 무엇인가?

완벽한 이야기를
만드는 비밀, 플롯

플롯은
주인공이 떠나는 여정이다

이제 이야기 뼈대의 5가지 핵심 요소 중에 남은 칸은 4번 항목 하나뿐이다. 이제 우리는 플롯(일련의 사건 구성)을 다룰 것이며, 그 사건들은 이야기 뼈대의 핵심 요소인 4번 항목에 들어갈 것이다.

이 책 초반에서 언급한 내용을 떠올려보자. 나는 그때 이야기 뼈대의 세 축(캐릭터 아크, 주제, 전개속도)과 5가지 핵심 요소를 처음 그대로 똑같이 유지하면서도, 플롯을 극적으로 바꿀 수 있다고 말했다. 앞으로 그 말이 무슨 뜻인지 알게 될 것이다.

플롯을 주인공의 여정을 지탱하는 물리적 구조물이라 가정해보자. 플롯의 구조는 A 지점에서 B 지점으로 넘어가는 다리와 같다. 이 다리는 세 가지 벽돌, 즉 캐릭터 아크, 주제, 5가지 핵심 요소로 지을 수 있다. 우리는 원하는 대로 벽돌을 배치할 수 있지만, 주어진 벽돌은 이 세 가지뿐이라는 사실을 기억해야 한다. 벽돌을 어떻게 배치하느냐에 따라 다리의 생김새는 달라질 수 있다. A에서 B로 반듯이 곧바로 가는 다리일 수도 있고, 롤러코스터처럼 위로 솟았다가 아래로 꺼지는 모습일 수도 있다. 평평한 다리일 수도, 가운데가 불쑥 튀어나온 아치 모양일 수도 있다.

일단 다리를 지었다가, 마음에 들지 않으면 다 허물고 완전히 새로운 모습으로 다시 지을 수도 있다. 결국, 다리의 생김새는 문제가 되지 않는다. 중요한 것은 다리가 A 지점과 B 지점을 연결한다는 사실이며, 다리를 만드는 재료는 오직 캐릭터 아크, 주제, 5가지 핵심 요소밖에 없다는 점이다.

이야기 뼈대의 핵심 요소인 4번 항목에는 플롯을 이루는 주인공의 여정(외적 목표를 달성하기 위한 시도들)이 들어간다. 다시 말해, 이 항목은 주인공을 5번 항목으로 이끄는 길이다. 5번 항목은 외적 목표를 이루는 데 성공했는지 실패했는지, 내적 결함을 극복하는 데 성공하거나 실패했는지 보여주는 결말이기 때문이다.

이제 A와 B를 연결하는 다리를 짓듯이, 플롯을 만들면서 4번 항목을 채워보자. 플롯을 이루는 세부 항목이 많기 때문에, 우선 주제 항목 아래에 한 줄을 띄워 '빈 공간'을 만들고 플롯을 이루는 세부 항목을 적자. 세부 항목은 다음과 같다.

첫 장면

촉발하는 사건

외적 목표를 깨달음

결함 제시

목표를 향한 돌진

적대자 등장

좌절 #1

결함 알아차리기

목표를 향한 새로운 돌진

적대자의 공격

좌절 #2

목표 수정

조력자의 공격

각오 다지기

최종 전투

죽음

결과

눈치챘겠지만 이것만 완성하면 이야기가 대부분 만들어진다. 바로 이 항목들이 실제 원고에서 문장, 문단, 장면 창조를 도와줄 안내자가 될 것이다. 이제는 세부 사항을 채워 넣으며, 각 항목에 대응하는 장면을 펼쳐내기만 하면 된다. 이 항목들은 신화에 나오는 영웅들이 자기 여정에서 겪는 대표 요소들이다. 나는 이것만 있어도 이야기가 탄탄하고 극적인 느낌을 줄 거라 장담한다. 앞으로 여러분과 함께 각 항목을 살펴볼 것이며, 적절한 곳에서 예시를 들면서 이 항목들이 왜 중요한지 설명하겠다.

플롯을 이루는 항목을 익히는 동안 가장 잊지 말아야 할 것은, '플롯'이라는 다리는 오직 캐릭터 아크, 주제, 5가지 핵심 요소라는 세 가지 재료로만 지을 수 있다는 점이다. 만약 주제와 상관없는 장면을 넣고 싶다거나, 그 장면이 이야기 뼈대의 5가지 핵심 요소에 포함되지 않는다면, 당장 폐기하라. 그 장면은 다음 작품을 위해 남겨두라. 이미 캐릭터 아크, 주제, 5가지 핵심 요소를 구상하느라 시간을 많이 소비했다. 여기까지 읽은 독자라면 이제 깨달았을 것이다. 어떤 장면이 플롯을 만드는 세 가지 재료와 상관없다면 쓰려는 책에 전혀 맞지 않는다는 사실을 말이다.

기억하라. 해리 포터의 결함(캐릭터 아크에 해당)은 그가 너무 약해빠졌고 리더가 되는 법을 모른다는 점이었다. 만약 당신이 J. K. 롤링이고 지금 『해리포터와 마법사의 돌』을 쓰려고 이야기 뼈대를 만든다면, 과연 해리가 이기심과 허영심에 맞서 싸우는 장면을 굳이 넣겠는가? 물론 아닐 것이다.

그건 해리 포터의 결함과는 전혀 상관없기 때문이다. 그 장면이 들어간다면 개연성 없다는 느낌만 줄 뿐이다.

험버트의 외적 목표는 롤리타를 계속 통제하는 것이다.(핵심 요소에 해당) 만약 당신이 『롤리타』의 이야기 뼈대를 잡는 블라디미르 나보코프라면, 과연 험버트가 아카데미 시상식에서 상을 타려고 고군분투하는 장면을 넣겠는가? 물론 아닐 것이다. 주인공의 목표와 전혀 상관없기 때문이다.

만약 당신이 『샬롯의 거미줄』의 뼈대를 잡는 E. B. 화이트라면, 결말 부분에 윌버가 마법의 묘약을 발견해서 친구들이 죽지 않고 영원히 살며 슬픔을 경험하지 않게 하겠는가? 절대 아니다! 그런 장면을 만들면 이 책을 관통하는 주제인 '사랑은 죽음을 초월한다'는 내용(캐릭터 아크에 해당)과 맞부딪힌다. 그뿐만 아니라 윌버가 더 나은 인물로 성장할 임무를 회피하게 만든다.(캐릭터 아크에 해당) 윌버가 결함에 맞서지 않으면 결말에서 영웅의 지위를 얻을 수 없다. 그러면 독자는 만족감을 느끼지 못할 것이다.

플롯을 구성하는 각 항목을 작성할 때, 지금까지 든 예시를 염두에 두길 바란다. 또한 처음 플롯 항목을 채울 때는 너무 촘촘히 쓰지 말고 느슨하게 쓰라. 첫 생각을 잘 다듬어 이야기를 촘촘히 짜는 방법은 '전개속도'를 설명할 때 다룰 것이다. 일단 지금은 간략히, 풀어서 적으라. 이렇게 하는 게 오히려 세세히 적는 것보다 더 도움이 된다.

만일 주인공이 한 명 이상인 작품의 이야기 뼈대를 잡는다면, 주인공마다 완벽한 이야기 뼈대를 만들라. 물론 플롯의 세부 항목도 작성해야 한다. 마치 그들 모두가 단 하나뿐인 '주인공'인 것처럼 주인공별로 플롯의 세부 항목을 나열하고, 주인공마다 여정과 외적 목표를 드러내는 장면과 줄거리를 정하라. 과연 여러 등장인물이 정말 '주인공'이 될 수 있는지, 등장인물마다 이야기 뼈대를 별도로 만드는 게 합당한지는 뒤에서 설명할 것이다. 쓰려는 작품에 주인공이 다수로 등장할 때 거대한 이야기 뼈대 하나를 완벽히 짜는 방법도 보여줄 것이다.

그렇지만 일단 지금은 플롯에 들어가는 세부 항목만을 살펴보자. 그러면 앞으로 무슨 일을 해야 할지 깨달을 것이다.

첫 장면

이야기 배경과 주인공을
보여주라

첫 장면에서 이야기의 배경을 설정해야 한다는 것은 기정사실이다. 첫 장면부터 작가가 만든 세계를 우아하고 말끔하게 보여줘야 한다. 상관도 없는 배경 정보를 한꺼번에 쏟아붓지 말고 주인공이 얽힌 사건으로 시작해야 한다. 이야기가 언제 어디서 벌어지는지 명확하게 알려줘야 하며, 대충이라도 주인공이 어떤 사람인지 설명해야 한다.

나는 첫 장면에서 주인공의 결함이나 주제를 드러내는 걸 좋아한다. 복잡하게 꼬지 않고도 둘 다 넣는 게 가능하다. 첫 장을 넘기자마자 대놓고 결함이나 주제에 대한 시각을 보여주면 독자는 자기도 모르게 끌린다. 그 즉시 이야기에서 뭔가 거대한 사건이 터질 거라는 인상을 받기 때문이다.

이렇게 하면 아무 사건도 없이 이런 저런 얘기를 장황하게 뒤섞는 일은 생기지 않는다. 물론 이것은 단 한 가지만 지나치게 파고 들어가지 않는다는 조건 하에 그렇다. 그러니 독자로 하여금 영웅의 여정이 이제 시작될 거라고 바로 느낄 수 있게 만들라.

첫 장면에서 세부 사항을 보여주려면, A 지점에 서 있는 등장인물의 결함을 떠올려보라. 끝내 좀 더 높은 상태인 B 지점으로 넘어가려 고군분투하겠지만, 일단 지금은 비루한 존재다. 그들이 외적으로 혹은 내적으로 좋지 않은 상황에 놓였다는 걸 보여주려면 어떻게 해야 할까?

혹은 어떻게 하면 첫 장면에서 책의 주제를 잘 설명할 수 있을지 숙고하라. 예를 들어 『샬롯의 거미줄』에서 첫 장면을 보면, 왜소한 꼬마 돼지 윌버가 한 소녀의 도움으로 자신이 처한 죽음에서 벗어난다. 이 장면으로 사랑은 죽음을 초월한다는 주제가 이야기 전체에 스며드는 것이다.

촉발하는 사건
주인공을
밖으로 움직여라

촉발하는 사건이란 주인공이 현실이라는 일상을 벗어나도록 한계 밖으로 몰아내는 사건을 말한다. 여기서 주인공은 현재 상태를 보며 무언가 옳지 않다고 판단해야 한다. 자신의 결함을 눈치 채기는 하지만 얼마나 심각한지는 깨닫지 못한 상황이거나, 아니면 처음으로 외적인 목표를 직시하는 상황이 여기에 포함된다. 때때로 첫 장면에서 촉발하는 사건이 일어나기도 하지만, 가끔은 한두 장면이 지나고 난 다음에야 주인공을 움직이는 사건이 일어나기도 한다.

『해리포터와 마법사의 돌』을 예로 들면, 해리가 호그와트의 입학통지서를 받는 사건이 주인공이 움직이는 계기를 만든다. 이 사건으로 해리는 '머글' 세계 말고도 마법 세계가 존재한다는 것을 깨닫고, 자신이 그곳에 속하는 게 운명이라는 사실에 눈을 뜬다.

촉발하는 사건은 언제나 주인공의 외적 목표와 강하게 연결되어 있다.

외적 목표 발견

주인공이

외적 목표를 깨닫게 하라

늘 그런 것은 아니지만 주인공이 자신의 외적 목표를 깨닫는 것은 촉발하는 사건이 일어나는 시기와 정확히 일치할 때가 많다. 만약 여러분이 쓰는 작품에서 두 가지 플롯이 겹치지 않고 진행된다면, 주인공이 자신의 외적 목표를 좇겠다고 마음먹는 장면부터 묘사하라.

『롤리타』에서 촉발하는 사건은 험버트가 안뜰에서 일광욕을 하는 롤리타를 처음 볼 때 일어난다. 그러나 그때까지만 해도 험버트는 롤리타를 노리개로 만들겠다는 자신의 외적 목표를 깨닫지 못한다. 그 깨달음은 둘 다 교회를 빼먹은 날 소파에서 특별한 만남을 가졌을 때 생겨난다. 바로 그 시점에서 험버트는 그것이 범죄고, 자신이 위험에 처할 수 있다는 것을 인지하면서도 그 목표를 좇는 데 헌신할 거라고 확신한다.

결함 제시
초반에 주인공의 결함을
확실히 드러내라

여러분은 이미 첫 장면에서 주인공의 결함을 드러냈을 수도 있다. 만약 아직까지 드러내지 않은 사람이 있다면, 지금이 바로 그때다. 이야기 초반에 결함을 확실히 나타내라.

명확히 정해둔 결함은 작가가 독자의 마음을 당길 때 긴장감을 더한다. 이야기 초반에 '주인공이 개인적인 변화를 꿈꾸는구나.' 같은 느낌만 줘도, 사람들은 그 책에 영웅이 떠나는 여정이 담겨 있을 거라고 받아들인다. 영웅의 여정이라는 예측가능하고 익숙한 패턴을 따르는 책, 즉 결말이 만족스러운 그런 책 말이다.

누군가는 자신의 책이 세상에 있는 그 어떤 책과도 똑같지 않다는 걸 보여주는 게 낫다고 생각할 수 있다. 다른 이야기와는 전혀 다른, 유일무이한 독서 경험을 선사하고 싶다고 말이다. 그런데 이런 말 하는 건 정말 싫지만, 그건 지는 게임에 불과하다. 독자들도 자신이 완전히 새로운 소설, 이전에는 듣지도 보지도 못한 책을 읽고 싶다고 생각하지만, 그건 오해다. 왜냐하면 인간의 마음이란 이미 익숙한 패턴에 자석처럼 끌리기 마련이니까 말이다. 인류 역사 내내 '영웅의 여정'이 그토록 계속 반복해서 나타나는 건 바로 그 때문이다. 지난 20년간 할리우드가 똑같은 주인공과 내용을 가지고 끝없이 재탕하는 이유도 같다. 익숙해야 팔린다.

이야기 초반에 주인공이 정신과 감정 면에서 성장해야 할 필요성을 명확히 제시하면, 독자의 잠재 의식에는 '재밌겠다!'라는 네온사인이 깜빡인다. 이러한 맥락으로 익숙하면서도 예상 가능한 결말을 제시한다면, 독자는 절대 멀어지지 않는다. 오히려 더 가까워진다.

독자들은 예전부터 익숙했던 서사 패턴을 작가가 고유한 방식으로 꼬아서 풀어가는 걸 보며 즐거움을 느낄 것이다. 심지어 예상되는 경로에서 급격하게 벗어나면 독자는 깜짝 놀란다. 조지 R. R. 마틴의 「얼음과 불의 노래」 시리즈에서 네드 스타크에게 무슨 일이 생기는지 알려진 후 독자들이 뜨거운 반응으로 인터넷을 달군 것을 모두 기억할 것이다. 생각지도 못한 방향 전환과 반전은 나중을 위해 잠시 아껴두

라. 일단은 독자들을 완전히 낚아채는 게 먼저다. 지금은 익숙하고 편해 보이는 미끼만 던지자. 초반에 주는 예측가능성은 독서를 지속하게 만드는 강력한 자극과 같다.

　독자 입장에서 봤을 때 주인공의 결함이 가장 잘 드러날 때는, 그 결함 때문에 다른 등장인물이 심각한 피해를 입을 때이다. 그러니 주인공의 결함을 '보여주라'. 그냥 '설명'으로 그치는 것은 도움되지 않는다.

목표를 향한 돌진

목표로 다가가되

성공하지 못할 사건을 만들라

지금까지 익힌 것을 정리해보자. 주인공은 성장하고 싶다는 욕망이 생겼고, 외적 목표에 관심을 두었고, 그 목표를 이루고자 자신이 분투할 것임을 깨달았다. 독자들에게 여러분이 쓰려는 이야기가 횡설수설하는 습작이 아니라는 확신을 분명히 준 것이다. 여러분은 이제 독자를 만족하게 할, 완벽히 매력적인 이야기를 들려주겠다고 약속한 거나 마찬가지다.

자, 그럼 이제 알차고 군침 도는 이야기를 만들 차례다. 나를 믿고 플롯의 세부 항목들을 순서대로 채워보자. 그러면 당신의 플롯에는 빈틈이 없어질 것이다.

여러분의 주인공은 이제 외적 목표를 이루기 위해 첫 번째 시도를 할 것이다. 기억할 점이 있다. 주인공의 외적 목표라는 것은 결함과 결부되어 있기에, 그는 아직 결함을 극복한 상태가 아니다. 그 뜻은 첫 번째 시도에서 성공할 리 만무하다는 의미다. 주인공은 정신과 감정 면에서 성장하는 과정을 거치고 영웅의 여정을 끝낸 후에야 최종 목표를 손에 거머줠 수 있다.

이 단계에서 주인공에게 필요한 것은, 좋게 끝날 리 없는 계획이다. 확실히 목표로 다가가고는 있지만 성공하지는 못할 계획 말이다. 머리를 짜내서 상황에 꼭 들어맞는 그럴듯한 사건을 만들라. 그리고 이때 다음 사항을 고려하라.

✦ 주인공의 계획은 맥락의 흐름에서 봤을 때 말이 되어야 한다. 예를 들어, 주인공이 작중 세계관에 아직 존재한다고 밝히지도 않은 마법을 부린다면, 독자들은 이상하다고 생각하며 받아들이지 않을 것이다.

✦ 첫 번째 시도에서 독자들에게 보여줘야 할 게 있다. 바로 주인공의 결함이 자기 자신의 발목을 잡는다는 점이다. 이로써 독자의 심중에는 결국 주인공의 마음속 여정이 외적 목표를 이루는 모험보다 훨씬 중요하다는 점이 확고해진다. 주인공 자신은 결함 때문에 발목 잡혔다는 사실을 깨닫지 못하더라도, 독자만큼은 그 사실을 꽤 명확히 인식할 수 있어야 한다.

✦ 주인공이 하는 시도가 주제와 상당히 관련 있다는 점이 느껴진다면 더할 나위 없다.

✦ 개연성을 해치지 않는 선에서 의미 있는 방식으로 조력자를 등장시킬 수도 있다. 그렇게 하면 나중에 도움이 될 것이다.

적대자 등장

개연성 있는 이유로

주인공에게 맞서게 하라

작품에서 주인공 외에 가장 중요한 역할을 하는 등장인물이 적대자라는 것은 누구나 이미 아는 사실이다. 적대자는 강렬한 방법으로 주인공을 방해하여 극적인 사건들을 만들어내고, 이야기에 긴장감을 부여한다. 주인공이 마침내 자기 결함을 극복하는 중요한 순간에 독자를 만족시키기 위해서는 적대자에게 '현실성'이 있어야 한다.

적대자가 단지 극적인 사건을 선사하기 때문에 중요하다고 생각하면 안 된다. 적대자가 중요한 이유는 이야기 속에서 주인공만큼 결정적인 역할을 하기 때문이다. 그는 세상을 보는 다른 시각을 제시한다. 독자들은 적대자가 주는 색다른 관점으로 주제를 살펴볼 수 있다. 적대자는 대체 현실을, 교훈을 주는 이야기를, 인생의 기로를 보여준다.

이렇게나 중요한 인물이니 적대자는 멋지게 등장할 자격이 있다. 그러니 어떻게 소개할지 진지하게 생각해야 한다. 그저 만화에 나오는 악당이 아닌, 인간다운 인간으로 만들자. 만약 적대자가 뻔하디뻔한 '나쁜 놈'이 아니라, 누가 봐도 인간적으로 충분히 성장한 사람이라면, 주인공이 적대자와 벌이는 경쟁은 더욱 의미가 깊고 독자들은 더 많은 영향을 받는다. 적대자라는 인물을 제대로 설정하여 적절하게 배치하는 순간, 여러분이 쓴 작품은 확실히 읽을 만한 가치가 있는 책이 되는 셈이다.

적대자가 등장하는 단계에서, 작가들은 종종 완전히 새로운 인물을 등장시킨다. 줄거리상 그때까지 존재하지 않았던 인물이 나타나는 것이다. 혹은 이미 있던 인물에게 적대자의 역할을 부여하기도 한다. 둘 중 어느 길을 택하더라도, 당신이 만든 적대자를 신중하고 정중하게 대하라. 적대자가 맡은 건 주인공과 정반대 역할이니, 삶의 여정에서 뭔가가 조금만 달라졌다면 적대자 또한 여러분의 주인공이 될 수 있는 사람이라는 것을 기억하라.

적대자가 주인공에게 맞서는 이유는 논리가 뒷받침되어야 한다. 자기 인생에서 일어나는 사건 때문에 자연스럽게 그렇게 되어야 하는 것이다. 플롯에 적대자라는 존재가 필요하다는 이유로 그냥 '나쁜 놈' 하나 끼워 넣는 거라면, 주인공이 목표를 이루고자 쏟는 노력과 정신적 성장은 독자에게 어떤 의미도 주지 못한다. 주인공은 그저 허수아비에게 칼을 휘두르는 존재가 될 뿐이며, 두 인물이 등장하는 장면은 긴박하지도, 아슬아슬하지도 않을 것이다.

적대자는 주인공만큼이나 그 목표를 간절히 원해야 한다. 그가 왜 그것을 원하는지 독자에게 보여주라.

좌절 #1
주인공이
어떻게, 왜 좌절하는지 설정하라

주인공이 결함을 극복하고 개인적 성장을 이뤄내는 건 아직 먼 나라 얘기다. 주인공의 외적 목표가 결함을 극복하는 것만큼이나 이루기 어려운 만큼, 주인공은 변화가 필요하다는 사실을 직면할 때까지 목표에 가까이 다가가지 못한다. 요컨대 자신이 원하는 바를 쉽게 얻을 수 없다는 얘기다.

이제 주인공이 어떻게, 왜 좌절하는지 설정해야 한다. 적대자와 같은 목표에 도전하기 때문일 수도 있고, 주인공이 적대자보다 뒤처졌거나 적대자가 주인공을 경로 밖으로 밀어내서일 수도 있다. 때때로 '적대자 등장'과 '좌절 #1'은 같은 단계에서 일어난다. 적대자가 누구인지 밝혀지는 순간, 주인공은 쓰라린 실패를 맛보게 된다. 간혹 이런 사건은 주제와 연결되어 적대자와 거의 상관없이 그저 운명인 것처럼 느껴지기도 한다.

『샬롯의 거미줄』에 나오는 어린 소녀, 펀은 도끼를 든 아빠에게서 아기 돼지 윌버를 구해준다. 윌버는 자라면서 농가 생활을 점점 사랑하고, 앞으로도 이 즐거움을 누리고 싶어

한다.(윌버의 외적 목표 : 살아남기) 하지만 윌버의 덩치가 너무 커져 가족 농장에서 키우기 힘들어지자 윌버는 펀의 삼촌인 호머 주커만의 농장으로 옮겨진다. 새로운 농장인 아주 넓은 곳이니 윌버는 쑥쑥 자라서…… 포동포동 커서 군침을 돌게 하는 돼지가 될 것이다!

윌버의 이야기에서 첫 번째 좌절은 새로운 농장으로 가는 이사이며, 윌버를 살릴지 죽일지 결정하려는 호머 주커만이 윌버의 적대자가 된다. 첫 번째 좌절과 적대자가 동시에 등장하며, 이때 겪는 좌절은 적대자가 직접 하는 행동으로 결정됐다기보다는 '운명'에 가까운 것으로 보인다. 이를 보면 '좌절'은 책의 주제와 직접 연결되며, 적대자는 직접 책임질 일을 저지르지 않았음에도 사건에 연루될 수 있다는 것을 알 수 있다.

결함 알아차리기
결함을 다시 한 번
드러내라

이제 주인공은 실망이라는 것을 경험했다. 여러분이 주인공을 실패라는 웅덩이에 빠트려버린 것이다. 그렇지만 여전히 주인공은 내적 결함을 직시하지 못했다. 진정한 영웅이 되기 위한 여정에 올라 깨진 자아를 고치는 걸 거부하는 것이다. 결국 혹독한 수업이 필요하다!

이 시점에서 여러분은 주인공의 결함을 다시 한번 드러내야 한다. 그렇게 해서 결함을 마주하지 못하는 것이 주인공의 진짜 문제라는 사실을 독자에게 주지시킬 것이다. 대개 이쯤에서 주인공 마음속에 자기 자신을 의심하도록 씨앗을 뿌리면 좋다. 나는 이 단계에서 주인공이 처음으로 눈치 채게 만든다. 어쩌면 자신이 생각만큼 그렇게 완벽하지 않고, 뭔가 변화가 필요할지도 모른다고 말이다.

그렇지만 아직까지 주인공은 오랜 습관을 뒤로 할 준비가 안 되어 있다.

목표를 향한 새로운 돌진

노력하지만 아직

목표는 이룰 수 없다

주인공은 자신의 목표를 달성하고자 새로운 계획을 세운다. 조금은 자아 성찰을 했고, 적대자를 비롯한 다른 세력이 자신을 경계하는 덕분에 지금은 좀 더 신중해졌다. 이 정도로 동기를 부여받는다면 외적인 목표를 이룰 수 있을지도 모른다.

하지만 주인공은 여전히 실패를 인정하고 변화를 거부한다. 이 때문에 주인공이 이룰 수 있는 목표는 손이 닿지 않는 곳에 대롱대롱 매달려 있는 상황이다.

적대자의 공격
주인공이 목표를
더 열망하게 하라

이제 주인공은 태도를 약간 누그러뜨리고 처음으로 자기 행동을 살펴본다. 바로 지금 이 순간이 적대자가 주인공을 강하게 공격하며 밀어붙일 순간이다. 지금까지는 몰랐을 수도 있지만, 사건을 겪으면서 주인공은 자신이 겪은 실패가 '운명'에 기인한 것이 아니라는 것을 분명히 느낀다. '적대자'와 같은 또 다른 누군가가 자신이 이루려는 목표를 향해 달려가는 걸 알아차린 것이다. 그리하여 이 목표는 더더욱 이루고 싶은 대상이 된다.

종종 적대자를 조력자처럼 보이게 하다가 알고 보니 적대자임을 드러내 주인공은 물론 독자를 놀라게 하는 것은 정말이지 재미있는 일이다. 이는 주인공의 변화가 필요한 순간에 일어난다.

반전을 안기며 드러나는 적대자는 메인 플롯에서 주인공이 가장 취약한 상태로 맞서야 하는 주요 적대자일 수도 있고, 서브 플롯에서 주인공을 바늘로 찔러 괴롭히는 다소 중요치 않은 서브 적대자가 될 수도 있다. 여러분은 원하는 만큼 주인공을 놀라게 하거나 비밀스러운 적대자를 만들어 곁가지에서 공격을 퍼부을 수도 있다.

그러나 잊지 말아야 할 것은, 이런 서브 플롯을 이끄는 적대자에게도 반드시 주인공의 이야기 뼈대를 짤 때처럼 똑같이 뼈대를 만들어 줘야 한다는 점이다. 적대자가 형성하는 캐릭터 아크, 주제, 5가지 핵심 요소에 똑같이 집중하라. 그러면 곁가지에서 일어나는 일들마저도 중심 가지와 연결되었다고 느껴질 것이다.

좌절 #2

좌절할 때마다

자의식을 넓히게 하라

주인공에게는 안된 일이지만, 주인공은 아직 적대자를 이 길 수 없다. 왜냐하면 아직 자신에게 변화가 필요하다는 사실을 받아들이지 않았기 때문이다. 결국 주인공은 다시 한 번 좌절하고, 이번에는 확실히 적대자 때문이라는 걸 깨닫는다. 이제 주인공은 적대자가 자신과 싸우려는 의지와 힘이 아주 세다는 걸 알았다. 동시에 외적인 목표가 그 어떤 때보다 멀리 있는 것처럼 느낀다.

여기서 중요한 점을 짚고 넘어가자. 우리는 '목표를 향한 돌진-적대자의 공격-좌절'로 이어지는 일련의 사건을 원하는 만큼 추가할 수 있다. 내가 좌절의 횟수로 표시한 숫자에 매달릴 필요는 없다. 원한다면 10개 넘게도 가능하다. 이렇게 사건이 계속 반복돼도 지루하지 않고 연관성 있게 만드는 방법이 있다. 주인공이 좌절할 때마다 조금씩 자의식을 넓혀 가면 된다. 주인공은 매번 적대자가 보이는 능력과 대비해 자신이 얼마나 무능한지 눈을 뜰 것이다. 결국 문제의 원인은 자신의 내적 결함에 있다는 사실을 깨닫게 된다.

목표 수정

<u>외적 목표를 포기하거나</u>

<u>새로운 목표를 좇는다</u>

주인공은 외적 목표가 손에 닿을 수 없을 만큼 너무 멀다는 생각에 결국은 경로를 완전히 바꾼다. 외적 목표를 포기하거나, 아니면 상관없어 보이는 다른 목표를 세우고 거기에 집중한다.

진짜 큰일 났다. 그렇지 않은가? 이야기 전개상 가장 중요한 것은 주인공이 정신적으로 성장하는 모습을 보이는 데 있다. 외적 목표를 그렇게 설정한 것은 주인공이 자신의 내적 결함을 직시하고 대면하는 상황을 만들기 위해서였다. 그런데 이제 와서 다른 목표를 좇는다면, 우리는 주인공을 잃는 것이다! 주인공은 변화할 필요를 전혀 느끼지 못할 것이고, 그러면 영웅으로서 갖는 지위도 얻을 수 없다!

주인공의 목표를 수정할 때는, 논리에 맞게 하라. 주인공이 가질 새로운 목표를 어떻게든 이야기의 다른 부분들과 연결하라. '플롯'이라는 다리를 지을 때에는 오직 '캐릭터 아크, 주제, 5가지 핵심 요소'라는 벽돌만 써야 한다는 것을 명심하라. 이제 주인공에게는 새로운 외적 목표가 생겼고, 원래

좇았던 목표는 적대자에게 양보할 태세이다.

『롤리타』에서 롤리타가 험버트를 따돌리고 사라져버리자, 험버트는 롤리타를 찾아내려고 애쓴다. 그러나 불가능하다는 것을 깨달은 후에는 새 여자친구인 리타와 어울린다. 리타는 성인이지만 험버트의 원래 목표인 롤리타를 떠올리게 하는, 어린아이 같은 면이 있는 사람이었다. 험버트는 정확한 목적지도 없이 리타와 자동차 여행을 떠나는데, 이것도 롤리타와 이미 했던 여행을 반복하는 것뿐이다. 이런 리타의 성격과 자동차 여행은 험버트가 새롭게 보이는 행동이 원래 목표와 가깝게 연결되어 있다는 것을 알려 준다. 이에 험버트의 시선이 잠시 리타로 옮겨 가 벌어지는 사건마저도 전체 이야기와 연관성을 띤다.

조력자의 공격
주인공이 자기 결함을
대면하게 하라

우리는 캐릭터 아크를 다룰 때 조력자가 얼마나 중요한 역할인지 확인했다. 조력자는 주인공이 옳은 경로로 갈 수 있게 등을 떠미는 절대 권력을 가진 자이며, 새로운 목표(주인공이 내면과 마주할 기회를 제공하지 않는 목표)로 눈을 돌린 주인공을 정신 차리게 한다.

지금, 주인공이 곁길로 샌 목표에 혹하는 바로 이 시점이 조력자가 힘을 발휘해 공격할 때다. 조력자가 주인공에게 끼칠 수 있는 거대한 영향력을 이용해야 한다. 그래서 주인공이 거울을 자세히 들여다보고, 그 안에서 보이는 것과 진심으로 대면하도록 만들어야 한다. 주인공이 문제를 겪고 실패하는 진짜 이유가 바로 자기 자신이라는 것을 알 수 있도록 머리통을 한 대 갈겨 주는 것이다. 이 장면에서 조력자는, 주인공이 자기 결함을 바로잡는 것 말고는 다른 선택지가 없다는 것을 보여줘야 한다.

'목표 수정'과 '조력자의 공격'을 꼭 여기에 배치할 필요는 없다. '목표를 향한 돌진-적대자의 공격-좌절'이라는 흐름

안에 있다면 어디에나 배치가 가능하다. 이 항목들을 어떻게 배치하느냐에 따라 이야기의 느낌이 달라질 것이다.

나의 천재 친구이자 동료 작가인 시드니 스완슨이 해준 말이 있다. '목표 수정-조력자의 공격'을 '좌절#1' 뒤와 같이 좀 더 앞부분에 넣으면, 독자들은 주인공에게 다른 감정을 가질 거라는 의견이었다. 이렇게 하면 독자는 '주인공이 극도로 비참하다'는 느낌을 더 오래 느껴서, 주인공을 더욱 동정한다는 것이다.

반면에 여기서 제시한 것처럼 '목표 수정-조력자의 공격'이 좀 더 나중에 나오면, 독자는 '주인공이 결함을 빨리 극복해야 한다.'는 점에 더 오래 이입한다. 그리하여 마침내 주인공에게 변화가 생겼을 때 독자는 목격자로서 더욱 긴장감을 느낀다. 이 장면을 뒤에 배치하면 주인공을 좋아하기까지는 시간이 좀 더 걸릴 수 있다. 하지만 마침내 변화를 일궈냈을 때는 더 흐뭇할 것이다.

'목표 수정-조력자의 공격'을 어디에 배치하느냐에 따라,

독자가 주인공에게 느끼는 감정이 달라지고, 이야기 전체의 분위기가 달라진다. 이것은 적대자와 벌이는 '최종 전투' 전에만 배치된다면 어디든 문제없다.

각오 다지기

각성한 주인공을
보여주라

'각오를 다진다'는 표현에는 좀 낡은 구석이 있긴 하다. '최종 목표'라든가 '목표 갱신' 정도로 쓸 수도 있겠지만 나는 늘 '각오를 다진다'는 말을 좋아한다. 그래서 이야기의 뼈대를 만들 때도 그렇게 쓴다. 그러니 여기서도 그렇게 쓰겠다.

자, 이제 주인공이 각오를 다질 때이다. 더는 일을 망치면 안 된다. 이제 진짜 전투가 벌어질 것이며, 이번만큼은 주인공이 승리하기 위해 존재해야 한다.

능력이 최대치인 조력자와 대결하는 것은 주인공에게 꼭 필요한 부분이다. 이제 주인공은 겸손해졌고, 새롭지만 거짓된 목표를 포기했고, 이전에는 전혀 알지 못했던 의지를 발견했다.

이 시점에서 주인공은 자신의 원래 목표로 돌아가야겠다고 마음먹는다. 그러려면 강력한 적대자와 대면해야 한다는 사실을 깨닫는다. 이제 환상 같은 건 더 없다. 주인공은 자신이 얼마나 흠 많은 인간인지 안다. 적대자가 자신보다 훨씬 더 강력할지도 모른다는 걸 안다. 쉽게 끝날 싸움이 아니다. 이기지 못할지도 모른다. 그렇지만 조력자가 끼친 영향 때문에, 주인공은 빛을 본 경험이 있다. 이제는 자기 결함과 대면할 준비가 되었다. 결함을 극복하고, 마침내 목표를 이루기 위해서 말이다.

주인공이 정신적으로 바뀌었다는 걸 보여주려면 글을 어떻게 써야 할까? 종종 이 단계에서 주인공이 과거를 반추하며 '이제 그런 나날은 끝났어.'라고 조용히 성찰하는 모습을 드러내기도 한다. 또는 주인공이 희생하는 장면을 상징적으로, 혹은 극적으로 연출하기도 한다. 어떨 때는 주인공을 둘러싼 환경이나 주인공이 바라보는 풍경을 묘사해 좀 더 은근슬쩍 전달하기도 한다. 예를 들어 멀리 보이는 언덕 위로 태양이 아름답게 떠오르는 모습이라든가, 새가 나무 꼭대기에 앉아 지저귀는 모습 등으로 말이다.

무엇을 선택하든, 주인공이 각성했다는 사실을 독자에게 분명하게 알려주라. 이제 그는 영웅으로 향하는 길 위에 굳건히 서 있고, 아무리 힘들어도 마땅한 결말에 이를 때까지 여정을 끝내지 않을 것이다. 결말이 무엇이 되든지 말이다.

최종 전투

적대자와 맞붙지만

이기지는 못하게 하라

마침내 주인공은 적대자와 대놓고 맞붙는다. 두 사람 모두 목표를 얻으려 분투하지만, 독자는 이미 확실히 안다. 주인공이 자기 결함을 극복하고 숨겨진 목적인 개인의 성장을 달성하리라는 걸 말이다.

당연한 얘기지만 '전투' 장면이 문자 그대로 전투일 필요는 없다. 이것은 적대자와 맞붙는 것을 의미하며, 이 장면은 꼭 주인공이 각오를 다진 후에 나와야 한다. 준비를 단단히 한 상태이기에 외적 목표를 성취하는 골문에 가까이 다다랐다. 그렇지만 아직 그 전투를 이긴 상황은 아니다.

죽음
주인공의 결함이
목숨을 잃게 하라

'죽음'을 다루는 부분은 책에서 가장 강렬한 인상을 주는 장면이다. 그렇지만 걱정할 필요는 없다. 때때로 누군가가 죽는다면 대단히 극적인 가치가 부여되기는 하지만, 이 부분에서 진짜로 누가 죽을 필요는 없다.

'죽음' 항목에서 진짜 목숨을 잃는 것은 주인공의 결함이다. 적대자와 벌이는 마지막 전투에서 주인공은 자신의 내면 깊은 곳에 다다르고, 자기 결함을 이겨낼 힘을 발견한다. 예전의 자신과 상처 입은 내적 자아가 통제하던 삶을 완벽히 '제거'하는 것이다.

이 장면에서 주인공은 물리쳐야 하는 대상에 꽂은 칼을 마지막으로 한 번 더 깊이 찌른다. 결승점에 다다르기 위해 마지막 남은 힘을 쥐어짜는 것이다. 고통스러워하면서도 외적 목표를 이루기 위해 노력하며 그는 성장한다.(아니, 성장하지 못할 수도 있다! 하지만 적어도 노력은 한다. 비록 실패한다고 해도.) 이 부분이 작품의 절정이니, 기억에 남을 만하게 만들라. 승부를 걸자.

보통 '죽음' 장면에서는 극적인 희생이 나온다. 주인공은 뭔가 대단하고도 상징이 될 만한 행동을 하며 이제는 완전히 다른 사람이 되었음을 보여준다. 이 희생은 옛 주인공이 영원히 사라졌다는 증표이다. 이제 주인공은 새 사람이 되어 어렵게 얻어낸 영웅의 지위를 온전히 누리게 된다.

결과

드디어 플롯의 마지막 항목이다! 정말 이렇게 쉽게 된다고? 이제는 마지막 장면을 정해야 할 때다. 당신이 정한 5가지 핵심 요소를 되돌아보라. 당신은 어떻게 정했는가. 주인공이 교훈을 혹독하게 얻었는가 아니면 수월하게 얻었는가, 그것도 아니면 모호하게 얻었나? 그 결정이 마지막 장면의 밑그림을 그리는 데 도움이 될 것이다.

결말 부분에서 꼭 밝혀야 할 것이 있다. 주인공이 자신의 외적 목표를 달성했는지 아니면 실패했는지 여부다. 우리는 이미 그가 자신의 내적 전투에서 승리하여 결함을 극복하고 영웅의 지위를 얻어냈다는 것을 알고 있다. 이제 남은 것은 적대자와 대격전을 벌인 끝에 무엇이 남았는지 이해하는 것이다.

마침내 주인공이 외적 목표를 이루고 보상을 충분히 받은 후에는, 주인공의 캐릭터 아크에 나타난 결과를 묘사하는 데 시간을 할애하라. 주제는 책을 관통하는 개념이므로, 마지막 장에서 한 번 더 다뤄주면 완벽하게 전체를 관통하는 결말이 만들어질 것이다.

지금까지 만든
이야기 뼈대는 어떤 모습인가

이쯤해서 여러분에게 도움을 주기 위해 내가 작성한 이야기 뼈대가 어떻게 생겼는지 보여주는 게 좋겠다. 그런 후에 전개속도를 고려해 각 장면에 세부 사건을 보충하며 손볼 것이다. 지금까지 잡은 개념이 아직 구체화되지 않았고 '느슨하다'는 것에 주목하기를 바란다. 이야기 뼈대에 전개속도를 적용하기 전까지는 지금 가진 생각을 유연하게 열어두라. 그래야 창의적으로 연출할 수 있다.

많은 부분을 열어둔 채 쓰면서 정해 나가는 걸 좋아하는 사람이라면, 이 시점에서 이야기 뼈대를 만드는 작업은 끝났다고 할 수 있다. 지금까지 매우 대략적인 계획을 세웠다. 이 길을 따라가면 분명 완성도 높은 작품이 나올 것이다. 아직까지도 세부 사항은 알 수 없지만, 대략 만든 이야기 뼈대를 길잡이로 삼으면 창의성이 거칠게 뛰어 노는 것을 경험할 것이다. 그럼에도 여전히 '결말'에 다다랐을 때 좋은 책이 나올 거라는 확신이 생겼을 것이다.

만약 작업 시간의 효율을 극대화하고 싶다면, 앞으로 설명할 전개속도를 좀 더 알아보기를 추천한다. 이것은 각 플롯 항목을 대략 구성한 후에 바로 이어지는 작업으로, 만약 빠른 속도로 책을 완성하고 싶다면 책을 쓰기 이전에 전개속도부터 계산하는 것이 필수다.

앞서 언급한 소설 『타이드워터Tidewater』는 주인공이 세 명이다. 그렇지만 우리가 살펴볼 것은 포카혼타스 시점의 플롯이다. 초기에 만든 이야기 뼈대라 플롯의 각 항목을 느슨히 정한 상태다. 예시를 보고 이야기 뼈대에 살을 붙이면 어떻게 되는지 잘 확인하길 바란다.

7단계

이야기 뼈대 작성표 예시

1. 주인공　　포카혼타스, 파우하탄 종족의 원주민 소녀. 시대 배경은 1607년.

2. 외적 목표　　여성 족장이 되어 자신의 부족을 다스리는 것.

3. 적대자	부족 족장들.(처음에는 아버지 파우하탄, 나중에는 삼촌 오페찬카노)
4. 플롯	(플롯의 세부 항목은 아래를 참조할 것)
5. 결말	야망을 모두 내려놓는다. 부족민을 위해 희생한다. 시련은 해석하기에 따라 혹독할 수도 있고 수월할 수도 있다.

✦ 결함	너무 큰 야망에 사로잡혀 있다. 영예를 얻기 위해서 다른 사람을 짓밟는다.
✦ 조력자	마타차나. 포카혼타스가 사랑했던 이복 자매.
✦ 주제	문화 충돌을 놓고 다르게 반응하는 세 가지 유형의 인물 탐구.

플롯의 세부 항목

첫 장면	축제를 준비하는 동안 자신의 임무를 태만히 하고 마타차나를 화나게 한다.
촉발하는 사건	출신이 높은 친척의 시녀가 된다. 자기 인생에 불만을 느낀다.
외적 목표를 깨달음	여성 족장이 도착하는 걸 본다. 자신도 그렇게 되고 싶다는 꿈을 꾼다.
결함 제시	자신을 도와주는 하녀에게 잔인하게 군다. 여전히 자신의 임무를 태만히 하고 허드렛일을 마타차나에게 떠민다.
목표를 향한 돌진	백인이 도착한 후, 통역사로서 역할을 제대로 수행한다. 그러자 아버지가 그녀를 눈여겨보고 더 큰 지위를 부여한다.

적대자 등장	오직 아버지 파우하탄만 누가 백인들과 무엇을 할 지 최종 결정권을 갖는다.
좌절 #1	파우하탄은 백인 남성들을 감시하는 사람으로 나 우카콰위스를 임명한다.
결함 알아차리기	이 일에 분노한 포카혼타스는 도망가면서 모든 일 을 또 한 번 마타차나에게 맡긴다.
목표를 향한 새로운 돌진	영국인들의 집에 뛰어 들어가 자신을 통역사라고 소개한다.
적대자의 공격	포카혼타스가 통역사로서 일을 성공적으로 수행 하자, 파우하탄은 백인들에게 겁을 먹고 더 강경한 태도를 취한다.
좌절 #2	포카혼타스는 총기에 대해 협상하도록 강요당한 다. 그동안 어렵게 쌓아온 좋은 관계가 망가지고 만다.
목표를 향한 새로운 돌진	백인들을 위한 정원을 지어 백인들이 원주민에게 의지하도록 만들자고 제안한다.
적대자의 공격	존 스미스(서브 적대자)가 정원을 둘러싼 분쟁 발 생을 방임한다.
좌절 #3	나우카콰위스가 인질로 잡힌다. 포카혼타스는 엄 청난 곤경에 처한다.
목표를 향한 새로운 돌진	나우카콰위스를 석방하기 위해 인근 영토를 가지 고 협상을 시도한다.
적대자의 공격	이 상황에 파우하탄은 기분이 상한다. 그는 백인과 하는 모든 접촉을 중단한다.

완벽한 이야기를 만드는 비밀, 플롯

좌절 #4	백인 남성과 접촉하는 누구든 사형을 당할 거라는 공지가 선포된다.
목표를 향한 새로운 돌진	포카혼타스는 사원에서 거행되는 중요한 의식에 참여하여, 자신이 원하는 높은 지위를 얻으려고 한다.
적대자의 공격	굶주린 백인들이 사원을 공격한다. 사원이 불에 탄다. 오페찬카노(새롭게 등장한 주요 적대자)가 백인을 대상으로 전면전을 선포한다.
좌절 #5	포카혼타스는 모든 이들을 백인들과 멀리 떨어진 오라팍스로 이주시킨다.
목표 수정	포카혼타스는 코쿠움의 아내가 되어 조용히 살겠다고 결심한다.
조력자의 공격	마타차나는 포카혼타스가 오라팍스로 이동한 것을 백인 남성과의 관계 탓으로 돌린다. 그러면서 야망 때문에 이기적으로 변했다고 비난하며 관계를 끊자고 말한다.
각오 다지기	포카혼타스는 자신의 성년식에서 신 앞에 모든 야망을 내려놓고, 겸손하고 유용한 사람이 되게 해달라고 기도한다.
최종 전투	포카혼타스가 백인에게 납치되어 인질이 된다. 그녀는 백인들의 정착지가 얼마나 넓어졌는지를 눈으로 확인하며 누군가가 두 문화 사이에서 가교 역할을 해야 한다고, 그렇지 않으면 원주민의 문화가 파괴될 것이라 생각한다. 오페찬카노(새롭게 등장한 주요 적대자)에게 그가 허락을 하든 안 하든 백인과 결혼하겠다고 말한다.

죽음	포카혼타스는 침례를 받아 영국인들 사이에서 영국 문화를 배우며 살게 된다. 희생의 상징으로 영국 의상을 착용한다. 이제 자신의 야망을 내려놓고, 오직 백성을 위해 완전히 자신을 헌신한다.
결과	포카혼타스는 백성을 섬기며 도움을 주려 한다. 그러면서 영국인 혼혈 아들을 갖길 원하고, 자신의 아들이 영국인이 아닌 원주민으로서 살아가기를 소망한다. 바로 여기서 그녀의 마음은 자신의 부족민들과 함께한다는 사실이 드러난다.

이렇게 해도 이야기 뼈대는 여전히 개괄적이고 느슨하다. 각 플롯 항목의 주요 사항은 모두 다루었지만 세부 사건은 없거나 있다고 해도 부족한 상태다. 그래서 우리는 플롯이 바뀔 때마다 정확히 무슨 일이 있었는지는 알 수가 없다.

이 모든 것은 전개속도를 다루는 부분에서 얘기하겠다.

1 여러분이 쓰려는 작품의 이야기 뼈대에서, 플롯의 세부 항목을 채워보자.

⇨ 이야기의 첫 장면에 시간과 공간 배경이 잘 드러나는가? 결함 또는 주제가 드러나는가?

⇨ 주인공이 움직이도록 촉발하는 사건은 무엇인가?

⇨ 주인공이 목표로 다가가되 성공하지 못할 사건은 무엇이고 주인공은 어떻게, 왜 좌절하는가?

⇨ 주인공은 어떻게 자기 결함을 대면하고 목표를 향해 돌진하는가?

⇨ 마침내 결함을 극복한 후에는 외적 목표를 달성했는가?

2 플롯의 세부 항목을 모두 작성했다면, 각 항목의 내용이 모두 캐릭터 아크, 주제, 5가지 핵심 요소와 연결되는지 살펴보라.

CHAPTER
4

끝까지 독자를
사로잡는 비결, 전개속도

좋은 작품은
이야기 형태가 같다

좋은 작품은 모두 형태가 같다. 물론 이건 책의 크기나, 양장판인지 문고판인지 아니면 전자책인지를 말하는 게 아니다. 내가 말하려는 건 '전개속도'이다.

겉으로 보기에 너무 대담하고, 혹은 무식해 보이는 발언일지도 모르겠다. 나는 전개속도가 좋은 책을 '좋다'고 평하는데, 그렇게 하면 사람들은 광란으로 점철된 액션 가득한 책만 좋다는 줄 알고 나른하고 지적인 책에는 관심 갖지 않는다. 그러나 내 말은 전혀 그런 게 아니다.

액션 장면이 수백 번 나와도 진도가 안 나가는 책이 있다. 맥락 없이 튀어나오는 자동차 추격전이나 뜬금없는 폭발, 의미도 없이 날뛰는 티라노사우루스 때문에 정신이 없어지면,

정작 캐릭터 아크를 보여주는 진짜 사건을 놓친다. 반면 주인공이 방 밖으로 한 발짝도 안 나가는 내용을 쓴다 해도, 독자로 하여금 의자에서 일어나지도 못하고 무서운 속도로 책장을 넘기게 할 수도 있다.

여러분이 내가 제시하는 방법을 따라서 캐릭터 아크, 주제, 5가지 핵심 요소만을 가지고 플롯을 짠다면, 사건 사이에 연관성이 있는지는 걱정할 필요가 없다. 내 방법대로 했다면 티라노사우루스의 광란이 들어간다 해도 일리 있게 만들 수 있다. 그렇지만 장면들을 꾸며 넣으면서 이야기 뼈대를 확장할 때는, 전개속도에 각별히 유의해야 한다.

내 기준에 좋은 소설, 즉 전개속도가 좋은 책은 모두 형태가 정확히 똑같다. 모험담이든 로맨스든 그림책이든 회고록이든 상관없다. 독자가 손을 떼지 못하는 책이라면, 장담하건대 그 구조 속에는 모두 똑같은 형태가 담겨 있을 것이다.

좋은 책의 이야기 형태는 역삼각형과 같다. 책의 첫 장면을 의미하는 넓은 변은 위에 있고, 절정에 해당하는 뾰족한 각은 아래를 향하는 역삼각형 모습이다. 이야기 처음에는 내용상 '빠져나갈 구멍'이 많다. 삼각형의 넓은 변에는 이동할 지점이 많기 때문이다. 정확하게 자리 잡은 건 아직 아무것도 없다. 그저 세계관과 등장인물만 소개하면 된다. 앞으로 플롯은 어느 방향으로든 뻗어나갈 수 있다.

그러나 주인공이 외적 목표에 시선을 고정한 후부터, 삼각형의 두 변은 주인공을 서서히 압박하기 시작한다. 그리하여 주인공은 점점 더 좁은 길로 몰리고, 피할 길 없이 삼각형의 좁은 각으로 이동해야 한다. 곧 삼각형의 양쪽 변이 주인공을 더욱 압박하고, 이제는 도망갈 곳이 없다. 압박이 계속될수록, 주인공은 곧장 더 빨리 삼각형의 아래쪽 꼭짓점으로 향한다. 이런 압박감은 속도를 유발하고, 사건과 사건이 곧장 이어지게 하며, 이야기의 절정 부분에 집중하게 한다. 바로 이것이 전개속도다.

지금까지 제시한 방법을 잘 따랐다면, 여러분은 이미 이야기 뼈대에 역삼각형을 놓은 거나 다름없다. 조용하고 편안한 이야기를 쓴다고 해도, 이 방법을 사용하면 전개속도가 확실히 구축된다.

물론 해야 할 일은 아직 더 남았다. 이 시점에서 지금까지 만든 이야기 뼈대는 그저 느슨한 윤곽에 불과하기 때문이다. 지금 손에 쥔 건 챕터와 장면에 대한 아이디어뿐이다.

미안한 말이지만 이제 여러분이 할 일은 더 어려워졌다. 각 챕터와 장면이 좀 더 뚜렷해질 때까지, 느슨한 윤곽을 다듬고 내용을 구체화해야 한다.

그런데 이렇게 다듬는 과정에서, 책 전체의 전개속도를 놓치기 쉽다. 실제로 장면 하나하나를 창조하는 지금, 어쩌면 누군가는 상관없는 내용을 넣고 싶다는 유혹에 빠질 수도 있다. 설사 멋진 숟가락 수집이 취미인 사람을 주인공으로 설정했다고 해도, 주인공이 수집품을 보며 감탄하느라 다른 일은 아무것도 안 생기는, 그런 장면을 쓰고 싶다는 유혹에 굴복하지 말아야 한다.

만일 어떤 장면이 역삼각형 형태를 이루지 않는다면, 그 부분은 전개속도가 엉망이라는 뜻이다. 전개속도가 엉망이라는 건 독자에게서 흥미를 빼앗는 것과 같다. 사실 짐작해보면, 독자들이 책을 읽다 마는 사례는 대부분 너무 늘어져서 그렇다. 독자들 입장에서는 왜 이 책이 재미가 없는지 그 이유도 모를 확률이 높다. 그러나 조심스레 독자평을 읽어보면 형편없는 전개속도가 범인이라는 사실을 알 수 있다. "아무 일이 안 생긴다."라거나 "주인공이 쓸데없이 헛짓거리를 한다."라거나, "책을 읽으려고 해도 자꾸 생각이 옆길로 샌다." 같은 평이 있다면, 그건 전개속도에 문제가 있다는 증거다.

한편 다른 건 다 엉망이지만 전개속도가 좋은 작품은 어떨지 살펴보자. 나는 최근에 나온 유명한 역사 소설이 입소문을 타는 걸 보고, 궁금한 마음이 들어 책을 읽은 적이 있다. 모든 게 그야말로 최악이었다. 문체는 아는 척 범벅이고, 일어나는 사건들도 어이가 없고, 대화는 딱딱하고, 역사 부분은 원형을 알아볼 수 없을 만큼 훼손됐으며, 등장인물은 마분지에서 오려낸 듯, 재빨리 증발하는 얕은 물처럼 깊이라는 게 전혀 없었다. 엉망진창이었다. 그런데도 나는 끝까지 다 읽었다. 왜냐하면 전개속도가 완벽했기 때문이다.

믿거나 말거나 나는 다음 권도 샀다. 그 책도 1권만큼 엉망일 테지만 그 안에서 즐거움을 만끽하리라!

이제 여러분은 알아차렸을 것이다. 왜 내가 이야기 뼈대의 세 축 중 하나로 전개속도를 넣었는지, 왜 그게 캐릭터 아크와 5가지 핵심 요소만큼 중요한지를 말이다.

현실에서 책의 성공을 좌지우지하는 건 바로 전개속도다. 이야기 뼈대를 만드는 과정에서 전개속도가 제대로 나온다면, 독자는 첫 장을 넘기는 순간부터 마지막 장면이 나올 때까지 책을 내려놓지 못할 거라 장담할 수 있다.

기억할 게 있다. 만약 독자가 여느 때고 읽는 걸 멈출 수 있는 책이라면, 그 책은 다시 읽히지 않을 확률이 높다. 팽팽한 전개속도는 폭발이나 자동차 추격전과 하등 상관없다. 전개속도는 독서를 계속하고 싶은 독자의 충동을 자아내는 요소이다. 심지어 지금 발등에 불이 떨어진 듯이 바쁘다고 해도 말이다.

책을 쓰기도 전에 괜찮은 전개속도를 계획한다는 것은 언뜻 보기에 불가능할 것 같은 일이다. 하지만 걱정은 금물이다! 그 누구라도 괜찮은 전개속도를 만들어낼 수 있다. 내 방법대로만 한다면, 전개속도를 유지하면서도 이야기 뼈대에 살을 붙이고 각 챕터와 장면을 묘사하는 것을 전혀 힘들이지 않고 할 수 있다.

주인공이 역삼각형 구조를 따라
이동하게 하라

몇 년 전, 작법서를 한 권도 읽어 본 적이 없던 당시, 나는 글 쓰는 방식을 처음으로 진지하게 고민했다. 그리고 좋은 이야기에는 어떤 특별한 형태가 있다는 것을 발견했다. 한번 읽기 시작하면 풀을 붙인 것처럼 좀체 떼어놓지 못하는 책은 대개 책 전체의 기초 구조가 역삼각형 형태였다. 그런데 여기서 더욱 흥미로웠던 것은 모든 챕터는 물론이고 그 안에 있는 장면 모두 똑같은 형태였다는 점이다.

나는 그때 매력적인 이야기는 모두 작은 역삼각형들로 이뤄져 있다는 사실을 깨달았다. 서술이 진행되는 내내 똑같은 구조가 반복된다. 넓고 유연하게 시작된 첫 장면이 '궁지'로 빠지고, 주인공은 어쩔 수 없이 역삼각형의 꼭짓점인 작은 절정을 향해 간다. 새로운 장면이 되면 꼭짓점은 또 다른 역삼각형의 넓은 변으로 주인공을 뱉어내고, 그는 곧 또 다른 궁지에 빠지고 또 다른 절정으로 향하는 반복이 계속되는 것이다.

이러한 발견은 나에게 계시와 같았다. 나는 작법 이론에서 뭔가 돌파구를 발견했다고 생각했다. 내가 발견한 것과 완전히 똑같은 내용을 다른 작법서에서 발견할 때까지 말이다. 나는 존 트루비가 『이야기의 해부』에서 내 생각과 똑같이 전개속도를 설명하는 걸 보고 뛸 듯이 기뻤다. 내 '발견'을 학술적으로 확장한 적은 없었지만, 나는 옳았다. 그 책은 내가 한 발견이 진짜라는 걸 뒷받침해주는 증거였다.

내가 확신을 얻은 내용을 다시 정리하자면, 전개속도가 긴박한 작품에서는 윗부분이 넓고 절정으로 갈수록 좁아지는 깔때기 모양을 한 사건들이 연속해서 일어나며, 각 사건은 필연적으로 다음 사건과 연결된다는 것이다.

지금쯤이면 여러분은 이야기 뼈대에 들어가는 5가지 핵심 요소, 즉 '주인공, 외적 목표, 적대자, 플롯, 결말'이 작품의 심장부와 같다는 걸 알 것이다. 그 이유가 무엇인지 알아보자.

우선 이야기 뼈대에 들어가는 5가지 핵심 요소는 전개속도가 좋은 역삼각형 형태를 뒷받침한다. 생각해보라. 일단 처음에는 주인공이 있다. 어디로든 펼쳐나갈 수 있는 아이디어가 있고, 주인공은 어디든 갈 수 있다. 뒤이어 주인공은 자신이 무언가를 원한다는 사실을 깨닫는다. 그래서 방향을 고른다. 뭔가가 그를 방해하고, 삼각형의 두 변은 점점 좁아진다. 주인공은 자신이 원하는 바를 이루려 고군분투하고, 두 변은 더욱 좁아진다. 그리고 마침내, 그는 성공하거나 실패한다. 즉 역삼각형의 꼭짓점에 다다른다.

책을 구성하는 각 챕터도 이와 똑같은 패턴을 따라야 한다. 챕터가 시작할 때는 주인공에게 다양한 선택지가 주어진다. 어느 길을 갈지는 아직 정하지 않았다. 주인공에게는 선택권이 있다. 결함을 고치는 행동을 선택할 것인가? 주인공이 방해물에 맞닥뜨린다. 방해물 중 몇몇은 꽤나 혹하는데, 영웅의 여정을 벗어나 딴 길로 샐 것인가?

챕터의 초중반에서, 주인공은 무언가 구체적인 것을 원해야 하며, 외적 목표를 이룰 때 얻는 보상을 목적에 두어야 한다. 이것은 외적 목표, 즉 책의 전체를 아우르는 거대한 목표와 연결될 수도 있다. 혹은 모호한 방식으로 이야기 전체와 관련 있을 수도 있고, 캐릭터 아크나 주제로 연결될 수도 있다.

주인공은 반드시 방해를 받아야 한다. 방해하는 인물이 굳이 주요 적대자일 필요는 없다. 하지만 각 챕터 속에서 그때그때 원하는 바람을 쉽게 이루지 못하게 하는 무언가가 있어야 한다는 얘기다.

주인공은 목표를 이루고자 애쓰고, 성공하거나 실패한다. 성공했거나 실패한 결과는 다음 챕터로 직접 연결되는 원인이 된다. 왜냐하면 챕터가 시작하는, 새로운 삼각형의 넓은 변에서 직면하는 작은 전투에서, 주인공은 성공하거나 실패하거나 둘 중 하나이기 때문이다.

챕터 안에서 벌어지는 장면에서도 똑같은 패턴이 적용된다. 어떤 사건의 장면을 끊어서 가고 싶다면, 각 장면에서도 역삼각형 패턴을 적용해야 한다.

이야기 전체를 놓고 볼 때, 주인공에게는 목표가 있다. 이와 마찬가지로, 챕터에도 목표가 존재한다. 이야기를 관통하는 전체 목표보다는 동기가 약한, 그러나 시급하고도 중요한 목표다. 목표를 이루려는 주인공은 이렇게 믿는다. 챕터마다 존재하는 목표를 달성하면, 결국은 거대한 외적 목표로 한 걸음 더 가까이 다가갈 수 있다고 말이다.

각 챕터나 장면에서 그 목표는 쉽게 이뤄지지 않을 것이다. 적어도 얼마 동안 갈등 상황을 감수하고 이겨내야 성공에 다다를 것이다. 예를 들어 주인공이 아픈 아이를 위해 약을 사러 약국에 가는데, 도로가 빙판이 되어 머리가 쭈뼛 선 상태로 운전하는 상황이라고 가정해보자. 주인공은 각 챕터와 장면마다 다음과 같은 작은 방해물과 직면할 것이다.

- ✦ 챕터 속 목표 | 아픈 아이를 위해 약국에 약을 사러 간다.
- ✦ 챕터 속 방해물 | 도로가 빙판이 되었다.
- ✦ 장면 속 목표 | 위험한 도로 상황에도 불구하고 안전하게 약국

으로 운전해야 한다.

✦ 장면 속 방해물 | 얼음 위에서 미끄러지는 바람에 배수로로 방
향이 틀어진다.

보시다시피 챕터와 장면에 있는 목표와 방해물은 거창하
거나 대단할 필요가 없다. 사소한 일이라 해도 상관없다. 그
렇지만 그 일들은 존재해야 하며, 한 사건이 다음 사건으로
넘어갈 때 논리에 맞아야 하고, 궁극적으로는 이 모든 게 주
인공의 거대한 외적 목표로 수렴되어야 한다. 그러면 독자는
책에 딱 달라붙어 떨어지지 못할 것이다.

꼭짓점에서
심벌즈를 울려라

이야기 뼈대에 전개속도까지 계산해서 넣는다고 생각하면 그 자체로 버거울 수 있다. 경험이 없는 사람에게 이 모든 건 꽤나 힘든 작업으로 보일 것이다. 새로운 목표와 방해물, 고군분투, 그 결과까지 생각해내야 하니 벅찰 만도 하다.

그러나 고생한 만큼 확실히 보람을 얻을 것이다. 지금 이야기 뼈대를 만드는 단계에서 이 작업을 해놓는다면, 추후에 글을 쓰는 단계에서 엄청나게 시간을 절약할 테니 말이다. 글을 쓰기도 전에 눈을 떼지 못하게 만드는 전개속도를 만들 자신이 있다면, 다른 요소가 잘 만들어졌는지 아닌지는 그다지 문제가 되지 않는다. 대사가 어색하고 인물이 얄팍하고 아는 척하는 문체에다 멍청한 사건들만 일어날 수 있다고 해도 말이다. 그럼에도 여전히 독자들은 대부분 책에서 손을 놓고 싶어 하지 않을 것이다. 당신이 전개속도만 제대로 지킨다면 말이다.

플롯을 이루는 사건들이 서로 논리적으로 연결되고, 설득력이 있으며, 삼각형의 양측 변이 '쥐어짜는' 전개속도를 만들어낸다면, 우리는 글을 쓰기도 전에 확신을 가질 수 있다. 그리하여 발등에 불이 떨어져도 모자랄 기한을 설정하고서도 쏜살같이 글쓰기를 마칠 수 있다.

여기에 더해 나는 가능한 한 더 빠르고 쉽게 전개속도를 구축하는 방법을 또 하나 만들어냈다. 이것도 여러분에게 알려주겠다.

나도 해봐서 알지만, 챕터와 장면마다 목표를 제대로 정하고 그에 맞는 방해물을 잘 만드는 건 힘들다. 게다가 장면마다 목적이 있어야 하고 각각 나름 중요하게 느껴져야 한다. 그러나 그와 동시에 각 목적이 최종 목표를 위한 전투를 능가하지는 않아야 한다. 도대체 어떻게 하면 이 모든 것을 다 충족할 수 있을까?

내가 알아낸 것은 어떤 챕터든 장면이든, 최대한 마지막 순간에 심혈을 기울이면 좋다는 점이다. '마지막 순간'이란 주인공이 역삼각형의 꼭짓점에 도달하는 시기로, 꼭짓점의 '깔때기'에서 막 빠져나와 논리적으로 연결된 다음 삼각형의 널따란 입구로 빠져나가는 때이다.

나는 이렇게 주인공이 역삼각형의 꼭짓점에 도달하는 마지막 순간을 '심벌즈 타이밍'이라고 부른다. 오케스트라에서 심벌즈를 치는 부분과 같다고 보기 때문이다. 심벌즈는 대단히 극적으로 최고조에 달한 순간을 강조하고, 악절의 절정에 방점을 찍는다. 심벌즈 타이밍을 만드는 목적은 관객 혹은 독자가 그 부분을 놓치지 않도록 하기 위해서다. 행진곡을 제외하고 음악을 연주할 때 첫 소절을 연주하다 말고 심벌즈를 치는 경우는 절대 없다. 심벌즈는 언제나 악상에서 긴장감이 최고조에 달했을 때 등장하며, 청중의 등골에 짜릿한 전율을 선사한다.

나는 대략 만들어놓은 이야기 뼈대에 챕터의 목적과 주인공이 겪을 갈등을 새롭게 추가한 다음, 각 챕터와 장면의 마지막 순간을 지그시 바라보며 생각한다. 과연 심벌즈 소리가 나는가? 각 챕터를 채우는 마지막 장면이 시각적으로, 감정적으로 '깊은 인상을 남기는가'를 깊이 고려한다. 마지막 남은 이미지가 척추를 타고 오르는 전율을 선사하는가 혹은 "대박!"이라고 외칠 만한가, 아니면 "엥?" 혹은 "아하!" 하고 느끼게 하는가?

어떤 챕터나 장면에 등장하는 사건이 끝을 맺을 때 심벌즈 소리가 나지 않으면, 즉 논리적으로 도출된 결과가 단조롭고 재미없다면 나는 그 챕터의 목표, 장면마다 삽입한 목표와 방해물을 다시 재고한다. 반대로 모든 삼각형의 꼭짓점에서 방점을 제대로 찍었다고 확신하면, 효과는 확실하다. 어떤 사건이든 흥미를 유발할 것이고, 결국 독자는 책을 옆으로 밀어두지 못할 것이다.

심벌즈 타이밍은 다소 미묘할 수 있다. 아니, 말을 바꿔야 겠다. 심벌즈 타이밍은 대부분 미묘해야 한다. 독자에게 전율을 주겠다고 그들 머리 위에서 심벌즈를 칠 필요는 없다. 이해를 돕고자 한 가지 예를 들겠다. 두 이야기는 똑같은 내용이지만 결말이 다르다. 하나는 미묘한 심벌즈 타이밍이 없고, 다른 하나는 존재한다는 것이 차이점이다.

1

루시는 한 손으로 가방과 우편 다발을 겨우 들고는, 다른 손으로 코트 주머니 속에서 아파트 열쇠를 뒤적였다. 직장에서 피곤한 하루를 보낸 터였다. 사무실에서 너무나 많은 일이 있었다. 루시는 강아지 토비를 산책시키고 그 후에 차 한 잔 마시며 로맨스 소설을 볼 생각에 기분이 들떴다.

아파트 계단을 오르기 직전, 뒤에 있는 주차장에서 자동차 타이어가 끼익 하는 소리가 났다. 뒤를 돌아보니 메리의 파란색 혼다 시빅 차가 급히 멈추는 게 보였다. 메리가 조수석 쪽으로 몸을 수그리고 창문을 내렸다.

"루시!" 메리가 소리쳤다. "나 좀 도와줘!"

루시는 마지못해 메리 차로 다가갔다. 메리는 늘 이렇게 극적으로 산다. 긴장감 넘치는 사건이라면 오늘 하루치가 다 찼는데. 하지만 메리의 눈물이 뺨을 타고 흐르는 게 보였다. 이번에는 정말 안 좋은 일이 있나 보다.

"무슨 일이야?"

루시가 창문 쪽으로 몸을 수그리며 말했다.

"샘이 바람피우는 거 같아." 메리가 흐느꼈다.

"같이 좀 가줄래? 그 사람 일 끝나고 어디 가는지 따라가 보려고 해."

루시는 한숨이 나오려는 걸 억지로 참았다. 차를 마시겠다는 계획은 완벽했고, 게다가 토비는 소변을 보아야 했다. 집에 도착했을 때 양탄자에서 토비의 오줌 웅덩이를 발견할까 봐 겁이 나 거절하고 싶었다. 그걸 치우려면 힘이 들 테고, 애완동물을 키운다는 이유로 이미 낸 보증금은 돌려받지 못할 테니까. 그렇지만 이번에는 메리가 정말 제정신이 아닌 것 같았다. 어쩌면 오늘 일어난 하고많은 일 중에서도, 이게 제일 심각한 걸 수도 있었다.

루시는 우편물을 가방에 쑤셔 넣고 차문을 열었다.

"알겠어. 같이 가자."

이번에는 같은 장면의 다른 결말로, 미묘하게 심벌즈 소리가 울리는 버전을 읽어보자.

루시는 한숨이 나오려는 걸 억지로 참았다. 차를 마시겠다는 계획은 완벽했고, 게다가 토비는 소변을 보아야 했다. 집에 도착했을 때 양탄자에서 토비의 오줌 웅덩이를 발견할까 봐 겁이 나 거절하고 싶었다. 그걸 치우려면 힘이 들 테고, 애완동물을 키운다는 이유로 이미 낸 보증금은 돌려받지 못할 테니까. 그렇지만 이번에는 메리가 정말 제정신이 아닌 것 같았다. 어쩌면 오늘 일어난 하고많은 일 중에서도, 이게 제일 심각한 걸 수도 있었다.

루시는 우편물을 가방에 쑤셔 넣고 차문을 열었다.

"알겠어. 같이 가자."

메리가 혼다를 몰아 고속도로로 빠졌다. 루시는 고개를 들어 자신이 사는 아파트 창문을 올려다봤다. 토비가 내려다보고 있었다. 털이 보송보송한 얼굴에는 절망이 깃들어 보였고, 루시는 그 보증금을 돌려받을 수 없을 거라는 확신이 들었다. 이번만큼은, 메리의 모험이 별일도 없이 난리쳤던 다른 때보다는 훨씬 나아야 할 텐데.

첫 번째 글에서 목표와 방해물은 분명하다. 엄청난 사건은 아니지만 분명히 존재한다. 루시는 어떤 결정을 내릴지 고민하고, 마침내 마음을 정한다. 그렇지만 마지막 장면은 건조하고 강한 인상을 남기지 않는다. 왜냐하면 방점을 찍을 심벌즈가 없기 때문이다.

그러나 두 번째 글에서는 마지막 장면에서 심벌즈 소리가 난다. 뭔가 대단한 일은 아니고, 그럴 필요도 없다. 그렇지만 이 장면은 독자에게 감정과 시각 면에서 '마지막 이미지'를 생생히 남긴다. 루시가 메리를 돕기로 결정한 것이 정말 의미가 있고, 추후에 사건을 초래할 거라는 느낌을 주는 것이다.

만약 챕터와 장면마다 목표와 방해물을 만드는 게 힘이 든다면, 마지막 장면을 자세히 들여다보라. 심벌즈 소리가 나지 않으면 심벌즈가 울릴 만한 장면을 넣어라. 그러면 독자에게 전율을 줄 뿐만 아니라 장면 속에서 주인공이 느끼는 갈등과 장애물이 어떤지 알려줄 수 있다.

이야기 뼈대에 살을 붙여
세부 사건을 만드는 법

이제 전개속도를 어떻게 만드는지 이해했으니, 이야기 뼈대에 살을 붙여보자. 이야기 뼈대를 토대로, 챕터와 장면마다 무슨 일이 일어나는지 사건의 핵심을 간략히 쓰면 된다. 이렇게 살을 붙여 확장한 이야기 뼈대는 원고를 집필할 때 길잡이로 활용할 수 있다. 그래서 각 사건을 모두 제자리에, 즉 역삼각형 깔때기 끝이 또 다른 역삼각형으로 이어지는 형태로 자리를 잡아놓으면 좋다. 이제 앞으로 할 일은 그저 글이 되도록 살을 붙이는 것뿐이다.

이 단계에서 나는 늘 플롯 항목을 간략히 써놓은 이야기 뼈대부터 확인한다. 그리고 나서 이 항목에서 저 항목으로 옮겨갈 때 어떤 논리로 주인공을 이끌어갈지 고민한다.

『타이드워터Tidewater』의 주인공 중 하나인 포카혼타스의 이야기 뼈대를 예로 들어 설명해보겠다. 다음은 플롯의 세부 항목 중 앞부분이다.

✦ 첫 장면 | 축제를 준비하는 동안 자신의 임무를 태만히 하고 마타차나를 화나게 한다.

✦ 촉발하는 사건 | 출신이 높은 친척의 시녀가 된다. 자신의 인생에 불만을 느낀다.

✦ 외적 목표를 깨달음 | 여성 족장이 도착하는 걸 본다. 자신도 그렇게 되고 싶다는 꿈을 꾼다.

각 항목의 내용을 보면, 몇 가지 중요한 점을 보충해서 세부 사건을 만들어야 한다는 걸 알 수 있다.

1 배경을 설정한다.(첫 장면을 고려하면, 배경은 축제를 준비하는 현장이 된다.)

2 포카혼타스가 자신의 임무를 게을리하여 마타차나를 화나게 함으로써 결함을 보여준다.

3 포카혼타스가 여성 족장이 도착하는 모습을 목격한다.

4 포카혼타스가 외적 목표를 명확히 한다.

5 포카혼타스를 지위가 높은 친척의 시종으로 보낸다.

6 포카혼타스가 불만을 품었다는 걸 보여준다.

눈치 챈 사람도 있겠지만, 몇몇 항목의 순서가 좀 바뀌었다. 이 단계에서는 사건이 논리에 맞게 흘러갈 수 있도록 순서를 재배치하며 유연히 대응해도 괜찮다.

자, 이제 컴퓨터에서 새 문서를 열어 사건의 핵심을 만들어보자. 원한다면 번호를 매겨도 좋다. 그렇게 하면 챕터나 장면에서 각 단락이 어디에 오면 좋을지 더 확실해지기 때문이다. 나는 세부 사건마다 새 단락으로 시작해 쓰는 걸 좋아하는 편이다. 그러면 각 세부 사건이 챕터가 되거나, 한 챕터 속에서 중요한 장면이 되기도 한다.

다음은 『타이드워터』의 도입부에 들어갈 포카혼타스의 두 가지 세부 사건이다. 이야기 뼈대를 확장해 썼다.

1

마타차나는 축제 준비를 해야 하는 상황에서 포카혼타스가 자고 있는 걸 발견한다. 마타차나는 포카혼타스를 깨우며 왜 이렇게 혼자밖에 모르냐고 나무란다. 포카혼타스는 뉘우침도 없이 별명이 '골칫거리'인 사람답게 행동한다. 마타차나는 포카혼타스를 용서하지만(둘은 사이좋은 자매다.) 오늘만큼은 행실을 바르게 하라고 충고한다. 아버지의 중요한 말씀을 듣기 위해 각 부족의 족장들이 모이는 날이기 때문이다. 마타차나는 포카혼타스에게 신분이 귀한 소녀들만 갖는 진주목걸이를 빌려준다. 진주목걸이를 한 포카혼타스는 정말 올바르게 행동해야겠다고 마음먹는다. 언니가 자신을 믿어주는 만큼 진주에 걸맞은 사람이 되고 싶은 것이다. 그래서 최선을 다하겠다고 약속한다.

2

모든 소녀와 여성들이 해안가로 모여 카누를 타고 오는 족장들을 맞이한다. 포카혼타스는 진주 목걸이를 하고 있으면서도 화려한 옷과 보석으로 치장한, 신분이 높은 여성들을 보자 자신의 낮은 지위를 통렬하게 느낀다. 그래서 농담을 하고 우스갯짓을 하며 자신이 중요한 사람처럼 보이게 노력한다. 처음으로 도착한 부족은 아파마툭으로, 여성 족장이 있는 흔치 않은 부족이다. 포카혼타스가 느끼던 행복한 감정은 여성 족장을 보자마자 싹 사라지고, 포카혼타스의 얼굴을 본 마타차나는 동생도 족장이 되고 싶어 한다는 것을 깨닫는다. 마타차나는 조용히 동생에게 다가가 자신의 위치를 잊지 말라며, 너는 족장이 될 수 없는 신분이라고 경고한다. 여성 족장 옆에는 노노마라는 작은 소녀가 동행한다. 포카혼타스는 비싼 색깔로 화장한 노노마를 보고 그녀야말로 명문가 출신이라는 것을 안다. 노노마가 수도에 있는 동안 태생이 천한 포카혼타스는 몸종으로서 노노마를 섬기는 의무를 받는다. 포카혼타스는 이런 역할이 주어진 것에 극도로 분노를 느끼며, 다른 어느 때보다 지금 이 순간 자신의 야망과 멀어지고 있다고 생각한다. 둘만 있을 때 노노마는 거들먹거리며 포카혼타스를 노예처럼 부려먹는다. 포카혼타스는 노노마에게 욕을 하며 심지어 얼굴에 침을 뱉는다. 노노마가 쓰러져

울자, 포카혼타스는 그렇게 괴롭힌 것을 진심으로 후회하고는 자신이 가장 좋아하는 머리 장식품을 주며 화해하려고 한다. 노노마는 불안정한 휴전을 받아들이고, 포카혼타스는 서로가 서로에게 잘 대해줘야 한다며 경고한다. 포카혼타스가 노노마보다 훨씬 아랫사람이라고 해도 말이다.

이것을 보면 미리 대략 쓴 플롯의 각 항목을 어떻게 세부 사건으로 확장하는지 알 수 있다. 나는 포카혼타스의 캐릭터 아크와 외적 목표에 유의하면서, 포카혼타스의 행동과 성격은 물론이고 주변 인물의 행동까지 좀 더 자세히 다루어 두 가지 세부 사건을 만들었다. 눈치 챈 사람도 있겠지만, 내가 추가한 것은 그저 마타차나와 노노마가 보이는 행동과 성격뿐이다. 이야기 초반에 두 인물이 포카혼타스와 주고받는 상호 작용을 넣은 결과, 우리는 초반부터 주인공이 어떤 사람인지 알 수 있다.

나는 이야기 뼈대를 만들 때 해야 할 일을 모두 했다. 배경을 설정했고, 포카혼타스의 결함과 외적 목표를 드러냈고, 높은 집안의 친척에게 몸종으로 가야 하는 상황을 보여줬고, 그래서 불만을 품은 모습까지 그렸다.

또한 심벌즈 타이밍도 넣었다. 첫 번째 세부 사건에서 심벌즈 타이밍은 포카혼타스가 태어나 처음으로 진주목걸이를 하는 장면이다. 두 번째 세부 사건에서는 포카혼타스가 자신이 가장 좋아하는 장식품을 '앙숙 친구'인 노노마에게 주면서 비록 자신이 비천한 출신이지만 잘 대해달라고 충고하는 장면이다.

여기서 목표와 갈등은 분명해 보인다. 첫 번째 사건에서 포카혼타스의 목표는 언니를 기쁘게 하기 위해 심술부리는 것을 멈추고 착한 아이가 되는 것이다. 하지만 그것은 자신의 천성에 반하는 것이라 어려웠다. 두 번째 사건에서 포카혼타스는 자신이 미천한 출신임에도 상대가 자신을 존중해주길 바란다. 처음에는 주목을 받으려 익살스럽게 행동했고 (목표를 달성하기 위해 노력한 부분) 나중에는 노노마를 괴롭힌다.

이제 여러분이 실제로 작품을 쓴다면 이야기 뼈대를 더 넓게 확장할 수 있다. 세부 사건마다 이야기 초점이 명료하고 단순하면, 세부 사항과 대화를 확장해 감정이 풍부한 세계로 뻗어나가는 건 쉬운 일이다.

나는 『타이드워터』에서 포카혼타스가 등장하는 첫 챕터를 쓰며, 주인공이 속한 세계를 좀 더 생생하게 만들기 위해 수많은 주변 인물과 재미있는 내용들을 여러 가지 쑤셔 넣었다. 하지만 첫 챕터에서 초점은 오직 포카혼타스와 그녀의 결함이 드러나게 하는 사람들(마타차나와 노노마)에게 맞춰져 있기에, 세계관을 다채롭게 만들어놓은 상황에서도 나는 다른 등장인물이나 사건 쪽으로 치우치며 딴 길로 빠지지 않을 자신이 있었다. 첫 챕터의 목적은 여전히 유의미하다. 바로 포카혼타스의 결함과 변화를 향한 욕구를 드러내는 것이다. 주변 인물들과 세계관을 설명하며 여러 가지 내용을 다루는 것 같지만 진짜 초점은 포카혼타스와 마타차나, 노노마에게 맞춰져 있다. 바로 내가 세부 사건에서 계획한 그대로 말이다.

여기서부터 좀 더 쉬운 과제를 주겠다. 바로 플롯의 각 항목을 세부 사건으로 확장해 쓰는 일이다. 한 번에 한 사건씩 맡아서, 항목과 항목 사이 빈 공간에 논리가 통하는 다리를 세워라.

명심하자. 늘 전개속도에 유의하면서 세부 사건마다 반드시 눈에 띄든 안 띄든 이야기 뼈대의 5가지 핵심 요소를 갖추도록 해야 한다. 다소 별것 아니라도 새로운 목표, 갈등, 주인공의 결심이 들어가야 하며, 마지막에는 심벌즈 타이밍을 추가하여 이 장면이 중요하다는 느낌과 긴장감을 주어야한다.

한 항목에서 다음 항목으로 넘어가며 역삼각형으로 세부 사건을 이어붙이다가 마지막에 이르면, 드디어 완성된 이야기 뼈대를 손에 쥘 수 있다.

사실, 손에 쥘 수 있는 건 그보다 더 큰 것이다. 완성된 이야기 뼈대를 가지고 작품을 쓰면 독자의 시선을 사로잡고 호기심을 자극할 수 있다는 확신을 가질 수 있다. 독자에게 만족을 줄 만큼 탄탄한 캐릭터 아크가 있기에, 독자는 여러분이 쓴 책을 읽으며 기쁨을 느낄 것이다. 왜냐하면 여러분이 빠른 전개속도, 앞뒤가 맞는 플롯을 만들기 위해 미리 시간을 투자했기 때문이다. 오직 캐릭터 아크, 주제, 5가지 핵심 요소와 관련된 장면만 넣었기 때문에, 실제로 책을 쓸 때 가능한 한 효율적으로 시간을 쓸 거라는 확신도 느낄 것이다. 며칠, 몇 주 혹은 몇 달을 끙끙대다 결국은 지우게 될 글을 쓰며 시간 낭비할 필요가 없어진 것이다.

이제 다 했다! 이야기 뼈대 만들기는 끝이 났다. 그것도 좋은 책이 될 거라는 확신을 담은 이야기 뼈대다. 여러분은 책을 쓸 준비가 되었다.

이제 무조건 책상 앞에 앉아 영감을 줄 그분이 오시기를 기다리지 않고도 책을 쓸 수 있다니, 기쁘지 않은가?

---

1 로맨스든 판타지든 여러분 생각에 전개속도가 좋은 작품에는 무엇이 있는가? 작품 하나를 골라 챕터별로, 장면별로 정말 이야기 구조가 역삼각형인지 확인해보라. 만약 역삼각형을 이루지 않는다면 그 부분에서 여러분은 어떤 느낌을 받는지 생각해보라. 분명히 늘어지는 느낌을 받을 것이다.

2 여러분이 고른 작품에서 챕터나 장면마다 '목표'와 '방해물'은 무엇인지 따져보라.

⇨ 챕터 속 목표 :

⇨ 챕터 속 방해물 :

⇨ 장면 속 목표 :

⇨ 장면 속 방해물 :

3 '심벌즈 타이밍'은 어떠한 순간을 가리키는가? 여러분이 고른 작품에서 챕터와 장면이 끝나는 부분을 유심히 살펴보고 심벌즈 타이밍이 울리는지, 어떻게 묘사했는지, 감정과 시각 면에서 전달하는 이미지는 어떠한지 적어보라.

4 여러분이 지금까지 쓴 이야기 뼈대가 있다면, 세부 사건까지 쓴 후 다음을 확인해보자.

⇨ 세부 사건이 모두 캐릭터 아크, 주제와 관련 있는가?

⇨ 세부 사건마다 이야기 뼈대의 5가지 핵심 요소를 갖추었는가? 각 요소가 모두 눈에 띌 필요는 없지만 숨겨져 있더라도 핵심 요소를 모두 갖춰야 한다.

⇨ 세부 사건마다 새로운 목표, 갈등, 주인공의 결심이 들어갔는가? 별것 아니라도 장면마다 들어가야 긴장감이 생긴다.

CHAPTER
5

이럴 때는 이야기 뼈대를
어떻게 만들까

주인공이 여러 명인
책을 쓸 때는?

　지금까지는 주인공이 온전히 한 명인 작품을 쓸 때 이야기 뼈대를 짜는 방법을 살펴보았다. 그러나 주인공이 여러 명일 때는 어떻게 해야 할까? 예를 들어 로맨스 같은 장르에서는 사실상 비중이 똑같은 주인공이 두 명 존재한다. 어떤 때는 두 명 이상일 때도 있다! 내가 쓴 『타이드워터』도 주인공이 여럿이다. 다양한 시각으로 책의 주제를 탐구하고 싶었기 때문이다.

　주인공이라면 몇 명이 됐든 영웅의 여정에 올라 자기 결함을 극복하려 고군분투하고, 클라이맥스 후에 더 나은 사람이 되는 인물이기에, 누구라도 완벽한 캐릭터 아크가 필요하다. 지금쯤이면 여러분은 완벽한 캐릭터 아크를 창조하는 방법과 플롯으로 캐릭터 아크를 보강하는 방법을 알 것이다. 그러니 『타이드워터』처럼 주인공이 다수라면, 주인공마다 완벽한 캐릭터 아크가 있어야만 한다.

그렇다면 여러분이 쓰려는 작품에서 주인공이 정말 여러 명인지 어떻게 알 수 있을까? 여러 등장인물이 모두 주인공이 받을 조명을 공평하게 나눠 받을 만큼 중요한 역할을 하는가, 아니면 그중 몇몇은 이야기 속에서 적대자나 조력자 같은 역할을 맡는가?

보통은 이야기를 서술하며 시점을 보여주는 인물이 주인공이다. 항상 그렇지는 않지만, 대개가 그렇다. 자신의 시점으로 이야기를 끌어가는 사람이라면, 그건 조연이라기보다 주연일 확률이 높다.

경험으로 봤을 때 시점으로 주인공을 판단하는 것은 상당히 믿을 만한 근거이지만, 항상 정확한 것은 아니다. 또한 이 판단은 오직 1인칭이나 3인칭에 적용된다. 그렇다면 전지적 작가 시점은 어떨까? 전지적 시점으로 사건을 서술하는 사람은 이야기 속 사건에 발을 들인 '참가자'가 아니다. 물론 그는 다른 등장인물과 뚜렷이 다른, 한 개인의 목소리를 갖고 있긴 하다. 하지만 소설 속에서 보이지는 않는다. 이럴 때 모든 이야기는 사건에 직접 연루된 인물의 시점이 아닌, 서술자의 시점으로 묘사된다.

그렇지만 1인칭과 3인칭 시점에만 의존해 주인공을 판단하면 발을 헛디딜 수 있다. 때때로 플롯에 얽힌 인물이 서술할 때가 있기 때문이다. 예를 들어 이야기 속에서 주인공의 캐릭터 아크를 관찰해 진짜 성격을 알려주는 경우다. 가장 좋은 예시는 「셜록 홈즈」 시리즈의 닥터 왓슨이다. 왓슨은 늘 이야기를 하며, 조력자 역할을 대부분 도맡지만, 사실상 자기 자신의 캐릭터 아크를 갖지는 못한다. 서술자로서 그가 갖는 목표는 셜록 홈즈의 여정을 독자들에게 전달하는 것밖에 없다.

누가 주인공인지 볼 때 가장 좋은 척도는 그에게 심각한 결함이 있는지 살펴보는 것이다. 어떤 인물이 가진 내적 결함이 자신의 삶과 그가 사랑하는 사람들의 삶에 영향을 주는가? 그렇다면 그 사람은 과연 영웅의 여정이 필요한 사람이다. 그를 위해 이야기 뼈대를 하나 만들어주자!

『타이드워터』에서 마타차나는 처음부터 끝까지 큰 부분을 차지한다. 그러나 실제로 그녀에게 심각한 결함 같은 건 없다. 마타차나는 잘 지낸다. 다른 사람과 어울리는 방법도 알고, 삶에 문제가 닥쳤을 때 균형 잡힌 시각으로 접근하는 방법도 안다. 이야기에서 중요한 사람이지만, 변화가 필요한 사람은 아니다. 그러므로 나는 마타차나를 위해 이야기 뼈대를 만들어 캐릭터 아크를 줄 이유가 하나도 없었다.

하지만 『타이드워터』의 주인공은 한 명이 아니다. 영국인 정착민인 존 스미스도 주인공이다. 존은 냉소적이고 신랄한 성격으로 타인을 무시하는 사람이다. 자기 성격이 목표를 이루기 힘든 상황을 초래한다. 그러니 누가 보기에도 그에게는 변화가 필요하다. 그래서 『타이드워터』에서는 포카혼타스의 여정만큼, 존이 내디딘 영웅의 여정도 큰 비중을 차지했다.

또한 포카혼타스의 삼촌인 오페찬카노는 성질이 급해서 손해를 많이 보는 사람이다. 그는 분노를 이기지 못하고, 항상 잘못된 선택을 한다. 자신이 원하는 현명한 리더가 되려면 먼저 진정한 성장을 겪어야 했다. 그래서 나는 이 셋 모두를 통해 『타이드워터』를 관통하는 매력적인 주제, 즉 문화 충돌을 놓고 반응하는 세 가지 유형의 인물 탐구를 표현한 것이다.

내 생각에 한 작품에서 여러 주인공을 등장시킬 때 가장 좋은 방법은 이렇다. 주인공들을 책의 주제와 확실히 연결하라. 결함이 있는 것은 그 자체로 좋다. 그러나 만약 주인공마다 가진 결함이 전체 주제와 연결되지 않는다면, 독자는 글을 읽을 때 동시에 두 책을 번갈아 보는 것처럼 느낄 위험이 있다. 일단 결함의 크기를 정해서 주인공의 위치를 결정하고 주제를 정하라. 주인공들이 가진 결함은 책을 관통하는 주제와 상관있어야 한다는 점을 명심하라.

일단 주인공을 여러 명으로 결정했다면, 주인공이 한 명인 작품을 쓸 때처럼 모두의 이야기 뼈대를 따로 작업하라. 기억할 것은 여러 명이 주인공으로 나오는 경우, 그들은 종종 서로가 서로의 적대자가 되기도 한다는 점이다. 보통 모두 똑같은 외적 목표를 추구하거나, 아니면 서로가 밀접하게 연결되어 오직 단 한 사람만이 그 목표를 이룰 수 있다. 그래서 한 사람이 목표를 달성하면, 다른 사람들은 자신의 목표를 성취할 수 없다.

물론 그래도 된다. 여러 주인공이 서로의 적대자가 된다는 건, 사실 꽤 자연스러운 일이기 때문이다.(로맨스 장르에서는 아주 흔한 장치이기도 하다.) 일단 모든 주인공들을 똑같은 비중으로 두고 한 번에 한 명을 중심으로 이야기 뼈대를 만들라. 존 스미스가 주연이면서 동시에 오페찬카노의 적대자여도 되는 것이다. 존 스미스가 주인공인 이야기 뼈대를 만들 때는 존의 목적인 외적 목표와 내적 목표에 집중하고, 오페찬카노의 목표는 그가 주인공인 이야기 뼈대를 만들 때 걱정해도 늦지 않는다.

주인공이 여러 명인 책을 쓸 생각이라면 '플롯' 단계까지 이야기 뼈대를 완성한 후, 거기서 그치지 말고 각 주인공이 나오는 장면을 하나 혹은 두 토막 정도 써내려 가라. 이렇게 하면 각 인물의 이야기 흐름을 어떻게 진행할지 분명한 아이디어가 떠오를 것이다.

플롯을 대략 짠 후 주인공마다 캐릭터 아크를 이루도록 세부 사건을 어떻게 제시할지 정했다면, 이제 여러 주인공의 이야기 뼈대를 한데 모아 엮을 시간이다.

이는 생각보다 훨씬 쉬운 일이다. 주인공들이 겪을 사건을 대강 잡았기 때문에, 이제는 그저 주인공들이 서로 만날 기회만 만들면 된다.

포카혼타스가 존 스미스와 만나려면, 어떤 개연성으로 사건이 일어나야 할까? 역삼각형을 어떻게 엮어야 할까? 주인공이 여러 명 있다면 대개 그들은 서로가 서로의 적대자라는 것을 명심하라고 말한 바 있다. 그렇기에 각 인물을 어떻게 대립 지점으로 데리고 갈지, 인물들이 외적 목표를 놓고 어떻게 경쟁하게 할지 각별히 신경 써야 한다. 주인공들이 서로 만나는 순간, 혹은 대립하며 갈등을 일으키는 순간에 일어날 세부 사건을 써놓아라.

이따금 한 사람의 이야기 맥락에서 잠시 떨어져 다른 주인공을 등장시켜야 할 때가 있다. 그에게 일어나는 일을 설명하기 위해서다. 이렇게 해야 양측 주인공이 필연적으로 갈등 상황에 배치될 수 있다.

한 사람의 맥락에서 빠져나올 때에는 특히 큰 심벌즈 소리를 주입하는 걸 잊지 말아야 한다. 손에 땀을 쥐게 하는 서스펜스가 있어도 좋지만, 꼭 필요한 것은 아니다. 진짜 필요한 것은 책의 주제와 연관된 극적인 이미지다. 그렇게 하면 존 스미스의 얘기를 하기 위해 잠시 포카혼타스의 맥락에서 빠져 나온다 해도, 독자는 여전히 포카혼타스의 맥락이 중요하며 존의 캐릭터가 발전하는 장면으로 넘어온 이유 역시 결국 본질적으로 포카혼타스 때문이라고 느낄 것이다. 방점을 찍을 만한 심벌즈 타이밍만 있으면, 이야기 맥락이 다른 인물로 향해도 독자는 의미도 없이 질질 끈다는 생각을 하지 않을 것이고, 처음 인물에게 가졌던 흥미를 잃지 않는다.

필요하다고 느낄 때마다 계속 주인공들 사이를 왔다 갔다 하면서, 플롯 항목들 사이에 있는 빈틈을 세부 사건으로 채우라. 그러나 일정한 간격으로 교차해서 보여줄 필요는 없다. 물론 그게 잘 먹힐 때도 있지만, 책의 속도를 조절하는 면에서 항상 좋지만은 않기 때문이다.

오직 방점을 크게 찍는 심벌즈 타이밍에서만 주인공이 교차하게 하라. 주인공 한 명의 이야기가 정말 극적으로 '와우!' 소리가 절로 나오게 치달을 때가 그때다. 그런 후에야 기어를 바꿔 다음 주인공의 얘기로 넘어갈 수 있다. 이것은 주인공 한 명한테 오랫동안 매달릴 수도 있다는 걸 의미한다. 그래서 한 사람의 얘기가 몇 챕터에 걸쳐 있거나, 아니면 책의 절반을 차지할 수도 있다! 그래도 괜찮다. 극적인 사건과 전개속도의 긴장감을 중심으로 삼으면 된다. 역삼각형이 줄지어 연결된 구성이라면 절대 잘못될 일이 없다.

주인공이 여러 명인 책에서는(특히 십만 단어가 넘는 두꺼운 책이나, 몇 권으로 이뤄진 장편 시리즈) 이런 저런 순간에서 주인공들이 잠시 안 보이기도 한다. 한 주인공이 다른 주인공보다 먼저 캐릭터 아크의 끝에 도달한다고 해도, 식은땀 흘릴 필요 없다. 그들은 책 초반에 목표를 잃을 수도 있고(그러나 자신에게 필요한 교훈을 얻는다.), 목표를 달성하려다 영웅처럼 죽을 수도 있다. 모두 괜찮다. 다른 모든 주인공이 다 사라진다고 해도 한 사람의 주인공과 적대자가 대결 구도를 유지한다면 이야기는 계속될 것이다.

모든 주인공들의 캐릭터 아크가 똑같은 절정에서 일어나야 한다는 생각은 안 해도 된다. 각 인물은 자기 이야기에서 주인공 역할을 하며, 한 인물의 관점으로만 따져봤을 때 그 사람의 이야기는 다른 사람의 이야기와는 거의 관련이 없다는 것을 기억하라. '최종 전투, 죽음, 결과'를 포함해 각 인물이 겪는 사건을 배치할 때는 논리에 맞게 자연스러운 자리에 놓아야 한다. 또한 한 인물의 캐릭터 아크를 억지로 길게 늘리려고 노력하지 말라.

시리즈에서
캐릭터 아크는?

처음 『이야기의 핵심』을 출간했을 때 여러 질문을 받았다. 가장 많이 받은 질문을 꼽자면, 시리즈를 쓸 때 캐릭터 아크를 어떻게 다루면 좋으냐는 거였다.

시리즈에서 캐릭터 아크에 접근하는 방법에는 옳고 그른 게 없다. 나는 2015년 10월 현재를 기준으로 두 가지 필명을 사용하여 시리즈물을 네 편 집필했는데, 매번 캐릭터 아크를 조금씩 다른 방법으로 다루었다. 여러분은 자신이 쓰려는 이야기와 주인공이 떠나는 특별한 여정에 가장 좋은 방법을 고르면 된다.

시리즈물에서 캐릭터 아크를 보여주는 방법 중에는 시리즈마다 이야기가 진행되면서 캐릭터 아크가 서서히 생기게 하는 방법이 있다.

「해리 포터」시리즈를 예로 들어보자. 해리의 내적 목표는 자신의 운명에 걸맞게 리더로 성장하는 것이다. 해리는 시리즈마다 열심히 노력한다. 그리고 매번 자신의 목표에 조금씩 다가간다. 그렇지만 시리즈 마지막 권의 최대 절정에 다다를 때까지는 절대 완전한 영웅으로 변모하지 못한다.

J. K. 롤링은 각 권에서 해리 포터가 자신의 결함을 고치도록 밀어붙이지만, 맨 마지막 권에 이르기 전까지는 절대 그것을 허용하지 않는다. 이것은 아주 완벽한 방법이며, 분명히 이러한 구성 덕분에 팬들이「해리 포터」시리즈에 푹 빠진 것이다! 우리는 조지 R. R. 마틴의「얼음과 불의 노래」시리즈에서도, 베로니카 로스의「다이버전트」시리즈에서도, 마이클 윌리스의「정의로운 사람들The Righteous」시리즈에서도 똑같은 전략을 볼 수 있다. 그것은 '점점 가까이, 하지만 닿지는 않도록'이다.

같은 주인공이 나오는 시리즈를 쓴다면, 플롯을 짜는 방식은 완전히 달라진다. 작가는 처음에 제시한 주인공의 결함을 1권 끝에서 해결하게 할 수 있다. 그랬다가 2권에서 또 다른 결함을 맞닥뜨리게 하는 것이다. 2권의 결함이 1권의 사건에서 파생되기만 한다면, 이야기는 연관성 있고 일관되게 느껴질 것이다. 당신의 주인공은 완전히 새로운 영웅의 여정을 떠나야만 한다. 그렇지만 이 새로운 결함과 그에 따른 새로운 여정은 주인공이 이미 직면했던 시련과 밀접하게 연결된 상태로 발전해야 한다.

'결함-해결-결함' 패턴은 수잔 콜린스의 「헝거 게임」, 스테파니 메이어의 「트와일라잇」, 로버트 러들럼의 「제이슨 본」과 같은 시리즈에서 예를 찾아볼 수 있다.

시리즈물 내내 같은 주인공이 나오는 또 다른 예는 스릴러 소설이나 코지 미스터리 책에서 찾아볼 수 있다. 주인공은 각 권마다 똑같은 결함을 극복하고자 고군분투한다. 푸근하고 친근감 있는 주인공, 사랑스러운 변덕이 있어 독자의 마음을 빼앗는 책들이 그 예이다. 재닛 에바노비치의 길고 긴 「스테파니 플럼」 시리즈를 떠올려보라. 삶을 바라보는 방식이 통통 튀는 스테파니는 서서히 시야가 넓어져 미스터리를 풀게 된다. 그러나 다음 권으로 넘어가면 다시 예전의 그 스테파니로 다시 되돌아가는 것이다.

이 방법을 쓴다고 해서 모든 독자가 좋아하지는 않는다. 하지만 시리즈에서 이런 방식은 용납 가능하다. 분량이 긴 미스터리나 액션 장르의 소설, 즉 「제임스 본드」, 「셜록 홈즈」, 「스타 트렉」 시리즈를 보면 이런 방식이 사용됐다는 것을 알 수 있다. 이러한 방식을 선호하는 독자를 겨냥해 같은 방식으로 시리즈를 쓴다면, 이를 좋아하는 독자들은 확실히 당신의 작품을 눈여겨볼 것이다.

1 여러분이 쓰려는 작품에서 주인공은 몇 명인가? 만약 주인공을 여러 명으로 결정했다면, 혹은 적대자 역할을 하는 조연이라도 결함이 있다면 그를 위해 이야기 뼈대를 따로 만들라. 각 인물의 이야기 뼈대를 따로 만들어두면, 그의 삶이 이야기에 모두 드러나지 않을지라도 살아 있는 것처럼 이야기 전체에서 주인공과 영향을 주고받을 것이다.

2 시리즈를 처음 쓰려고 마음먹었다면, 먼저 다른 시리즈 작품에서 캐릭터 아크가 어떻게 발전하는지 찾아보라. 「해리 포터」나 「트와일라잇」 시리즈처럼 유명한 작품을 찾아봐도 좋고 추천을 받아도 좋다.

✦

방향을 정해두고
더 자유로워져라

이제 여러분은 글을 쓸 때 자신감과 속도를 얻는 비결을 알아냈다. 그리하여 마감 일정을 촉박하게 잡아도 지킬 수 있으며, 독자가 즐거워할 만한 책을 효율적으로 쓸 수 있게 됐다.

새로 쓰는 작품의 완성도는 이야기 뼈대로 보장된다. 심지어 책을 쓰기도 전에 알 수 있다. 이야기 뼈대를 만드는 과정이 벅차다는 건 나도 안다. 특히 이야기 뼈대를 한 번도 만들어보지 않은 사람이라면 더욱 그럴 것이다. 그렇지만 이야기 뼈대 만드는 법은 간단한 기술과 같은 것이어서, 조금만 연습한다면 쉽게 습득할 수 있다.

너무 자세히 설명하다 보니 실제로 이야기 뼈대를 만들려면 매우 오래 걸리고 심혈을 기울여야 할 것처럼 보일 수도 있다. 하지만 내가 직접 소설을 20편 이상 쓰기 위해 이야기 뼈대를 만들어보니 작품 하나당 평균 대략 4시간 정도면 이야기 뼈대가 완성된다. 여기에는 주인공이 여러 명이라 기획과 아이디어에 시간을 더 많이 걸리는 책도 포함된다.

4시간이라면 꽤 투자해볼 만하지 않은가. 플롯이 간단하다면 더 적게 걸린다. 분명히 '계획 없이 되는 대로 쓰는' 것과 비교해 많은 시간을 절약할 수 있을 것이다.

여러분이 다음 작품을 어떻게 쓸지 고민된다면, 부디 내가 제시한 방식을 시도해보라. 이 방법을 쓰면 집필에 들어가기도 전에 자신감을 느끼고 그 결과물에 만족할 것이다. 또한 쉽고 빠르게 좋은 책을 낼 수 있다는 사실에 분명히 기뻐할 것이다.

확신컨대, 여러분은 무조건 책상 앞에 앉아 쓰려는 내용이 떠오르기를 기다리지 않아도 된다는 사실에 행복해질 것이다.

이야기의 핵심

1판 1쇄 인쇄 2022년 8월 24일
1판 1쇄 발행 2022년 9월 7일

지은이 리비 호커
옮긴이 안은주
펴낸이 김기옥

문학팀 김세화 **마케팅** 김주현
경영지원 고광현, 김형식, 임민진

표지디자인 곰곰사무소 **본문디자인** 고은주
인쇄·제본 (주)민언프린텍

펴낸곳 한스미디어(한즈미디어(주))
주소 (04037) 서울시 마포구 양화로 11길 13(서교동, 강원빌딩 5층)
전화 02-707-0337 **팩스** 02-707-0198 **홈페이지** www.hansmedia.com
출판신고번호 제313-2003-227호 **신고일자** 2003년 6월 25일

ISBN 979-11-6007-595-3 03800

한스미디어 소설 카페 http://cafe.naver.com/ragno **트위터** @hans_media
페이스북 www.facebook.com/hansmediabooks **인스타그램** @hansmystery

책값은 뒤표지에 있습니다.
잘못 만들어진 책은 구입하신 서점에서 교환해드립니다.